FOLIOTHÈQUE

Collection dirigée par
Bruno Vercier
Maître de conférences
à l'Université de
la Sorbonne Nouvelle-Paris III

Montaigne

Les Essais

par Alexandre Tarrête

Alexandre Tarrête

commente

Les Essais

de Montaigne

Gallimard

Alexandre Tarrête est maître de conférences à l'université de Paris IV-Sorbonne. Il enseigne la littérature française du XVIe siècle. Ses recherches portent sur les rapports entre littérature et philosophie à la Renaissance.

ÉDITIONS ET RÉFÉRENCES

Les citations des *Essais* seront suivies d'une double référence : d'abord le tome et la page du passage dans l'édition commentée (éd. Pierre Michel, Gallimard, « Folio classique », n°s 289-290-291, 1965, 3 vol.) ; puis, après une barre oblique, la page dans l'édition des PUF (1965), qui sert souvent de pagination de référence dans les articles critiques et qui est utilisée dans la concordance des *Essais* établie par R. E. Leake.
Les indications de tome et de chapitre sont, elles, séparées par un point.
Les références complètes des ouvrages ou articles cités en notes figurent dans la Bibliographie, en fin de volume.

On se reportera à la note de Pierre Michel sur les principales éditions des *Essais* et sur les principes d'établissement du texte (I, p. 41-45).
En général, les éditeurs des *Essais* choisissent pour base :
— soit le texte de l'exemplaire de 1588 conservé à la bibliothèque municipale de Bordeaux (couramment appelé « Exemplaire de Bordeaux ») et dont les marges sont couvertes de corrections manuscrites : c'est le cas de l'édition de P. Michel en « Folio classique », celui aussi de l'édition de P. Villey, revue par V.-L. Saulnier (PUF, 1965), ou celui de l'édition d'André Tournon (Imprimerie nationale, 1998),
— soit le texte de l'édition posthume de 1595 : c'est le cas de l'édition dirigée par J. Céard (« Pochothèque », 2001) ou de la nouvelle édition à paraître en 2007 dans la « Bibliothèque de la Pléiade ».

INTRODUCTION

Composés à la fin de la Renaissance, pendant les guerres de Religion, les *Essais* recueillent les réflexions d'un gentilhomme français, Michel de Montaigne (1533-1592). Il écrit sur toutes sortes de sujets, historiques, philosophiques, esthétiques ou personnels, sans plan prédéfini. Il passe d'un sujet à l'autre, sans contrainte apparente, et mêle l'Antiquité et le présent, l'histoire et la fantaisie, les matières savantes et les considérations intimes, le plus grave et le plus frivole. Son style est sans apprêt, volontiers désinvolte, parfois véhément, toujours adapté à son humeur. Cette liberté si entière et si provocante est teintée d'une nuance aristocratique : car Montaigne revendique son appartenance à la noblesse, comme le montrait le titre développé de la première édition de son livre, en 1580 : *Essais de Messire Michel, seigneur de Montaigne.* Conscient des devoirs de sa condition, qui lui interdisent de travailler pour s'enrichir, Montaigne veut surtout indiquer qu'il n'est pas un écrivain de métier. Il ne prétend pas délivrer un savoir, ni faire sa cour à quelque puissant (son livre paraît sans dédicace). Les *Essais* sont le fruit de son loisir lettré, il les compose et les remanie au gré de ses lectures et de ses réflexions. Certains lecteurs jugeront cette liberté excessive : trop de digressions et trop de désordre dans la composition, trop de hardiesse dans le propos, en matière de religion ou de sexualité... Montaigne libre penseur, écrivain licencieux, voire libertin ? C'est la lecture qui prévaudra au siècle suivant. Mais Montaigne cherchait moins à provoquer qu'à exprimer fidèlement et intégralement ses pensées, ses désirs, ses doutes — fût-ce au risque de choquer parfois son lecteur.

Il commence à écrire les *Essais* peu après avoir pris sa retraite du parlement de Bordeaux (en 1570), où il officia comme magistrat pendant une quinzaine d'années. Il se retire alors dans son château de famille, à Montaigne, aux confins du Bordelais et du Périgord. Dans une tour d'angle, au second étage, il s'est aménagé une bibliothèque (sa « librairie ») où il peut travailler en toute tranquillité, entouré de près d'un millier de livres — un nombre important pour cette époque, où les livres restent très chers. C'est là qu'il lit et relit les poètes, les historiens et les philosophes antiques, ainsi que les écrivains français ou italiens de son siècle. Il s'interrompt fréquemment pour dicter ou écrire de sa main ses propres réflexions : son livre naît de ce dialogue constant avec les grands écrivains du passé et du présent. Montaigne invente une méthode de lecture bien particulière. Il rapporte toujours à lui ce qu'il lit ailleurs : en comparant ainsi sa propre expérience à celle d'autrui, il trouve peu à peu le moyen de se connaître davantage tout en comprenant mieux les autres. Au miroir des livres, il scrute le mystère de sa propre existence, et découvre avec fascination les « chimères » et les « monstres » qui peuplent son âme (I, 82/33). Au croisement de l'introspection et de ses lectures, Montaigne voit émerger un objet d'étude et de méditation qu'il n'abandonnera plus : la diversité des caractères et des destins, les innombrables « tours de l'humaine capacité » (I, 170/105), c'est-à-dire l'être humain tel qu'il se révèle à travers son existence historique et concrète, dans sa grandeur et dans sa faiblesse, et dans ses incessantes contradictions.

D'abord œuvre de loisir, les *Essais* sont progressivement devenus le centre de la vie de Montaigne. Ils enregistrent peu à peu les progrès incertains de l'introspection, les jeux de l'imagination et du souvenir, les rêveries sur les mondes lointains et sur les empires disparus. Rien n'arrêtera plus le travail de la pensée. Des interruptions plus ou moins longues se succèdent, dues aux missions diplomatiques que Montaigne remplit parfois auprès des princes, ou au long voyage qu'il entreprend en Allemagne, en Suisse et en Italie après la première publication, ou encore à ses deux mandats de maire de Bordeaux : mais rien n'y fait, il revient toujours à son livre, le complète, ajoute des réflexions et même, en 1588, un troisième tome. La mort le surprend au travail, et il laisse à ses amis le soin de publier l'ultime édition de ses *Essais*, fortement augmentée de nombreux ajouts manuscrits.

Nous essaierons de comprendre pourquoi le livre que Montaigne a composé pendant plus d'une vingtaine d'années ne ressemble à aucun autre. En effet, même s'il s'inscrit dans les genres littéraires pratiqués à l'époque, il reste inclassable et unique. Comme tous les chefs-d'œuvre qui inventent un genre littéraire nouveau (en l'occurrence celui que l'on nommera plus tard l'essai), il le déborde aussitôt par sa richesse et sa complexité. Montaigne, à sa façon, exprime son époque, mais il la transcende tout autant par son irréductible singularité. Par les thèmes qui lui sont chers — l'inconstance et la bigarrure du monde, la fragilité de l'homme —, il appartient pleinement à l'automne de la Renaissance. Sa recherche obstinée d'un style qui lui soit propre et qui reflète fidèlement son tempérament singulier vient à son heure dans l'évolution des conceptions poétiques et littéraires, et marque une étape décisive dans l'émergence du sujet moderne, avide de liberté mais conscient déjà de ses dépendances et de ses limites.

Montaigne participe aussi au mouvement de redécouverte des textes et des savoirs antiques qui a caractérisé l'humanisme. En renouant avec les sagesses antiques — du scepticisme à l'épicurisme et au stoïcisme, sans oublier l'aristotélisme, qui n'a pas disparu avec le Moyen Âge —, il prend aussi en compte les leçons du christianisme, même s'il les tient à distance, préférant délaisser la théologie et la controverse, qui sont pour lui surtout des occasions de diviser les hommes. Rien de livresque dans ces retrouvailles avec les grands textes de l'Antiquité, puisque Montaigne fait de l'écriture et de la lecture un exercice spirituel à part entière qui, loin d'exclure l'action, la prépare et l'oriente. C'est ainsi que la recherche du bonheur individuel s'accompagne chez lui d'une conscience politique aiguë, attentive aux désordres du monde et aux injustices des hommes.

I UN LIVRE INCLASSABLE

UN GENRE SINGULIER : L'« ESSAI » SELON MONTAIGNE

Lorsque Montaigne publie son livre, il choisit un titre qui avait de quoi intriguer. En effet, au XVIe siècle, le terme d'« essai » ne désigne pas un genre littéraire bien établi (aujourd'hui, le mot s'applique à un livre en prose, écrit dans un style incisif, dans lequel l'auteur s'attaque à un problème intellectuel précis, sans prétendre à l'exhaustivité). Montaigne donne à ce mot un sens plus spécifique. Le terme, dans la langue de l'époque, évoque tout d'abord l'humilité d'un travail d'apprenti[1]. Clément Marot l'avait appliqué à son premier recueil poétique, l'*Adolescence clémentine* (1532), désignant comme autant de « coups d'essai » les poèmes qu'il présentait au public. Chez Montaigne, le terme conserve cette valeur de modestie : « Je propose les fantaisies humaines et miennes, simplement comme humaines fantaisies [...] comme les enfants proposent leurs essais ; instruisables, non instruisants » (I, 442/323).

1. Voir H. Friedrich, *Montaigne*, p. 354.

Outre ce premier sens, le mot renvoie, plus spécifiquement encore, à une méthode originale de pensée et d'écriture. Ce qui fait l'unité de ce livre au premier regard composite et disparate que sont les *Essais*, qui passent en revue des sujets si divers, c'est la confrontation d'un sujet écrivant à une matière sur laquelle il exerce son jugement. Dans chaque chapitre, Montaigne se propose un ou plusieurs problèmes, traités par d'autres auteurs avant lui, et il tente d'apporter sa propre contribution, en risquant un avis personnel. C'est cet exercice intellectuel qu'il désigne précisément par le terme d'« essai » : « Le jugement est un outil à tous sujets, et se mêle partout. À cette cause, aux essais que j'en fais ici, j'y emploie toute sorte d'occasion. [...] Tantôt, à un sujet vain et de néant, j'essaie voir s'il trouvera de quoi lui donner corps et de quoi l'appuyer et étançonner. Tantôt, je le promène à un sujet noble et tracassé, auquel il n'a rien à trouver de soi, le chemin en étant si frayé qu'il ne peut marcher que sur la piste d'autrui. Là, il fait son jeu à élire la route qui lui semble la meilleure et, de mille sentiers, il dit que celui-ci ou celui-là, a été le mieux choisi. Je prends de la fortune le premier argument. Ils me sont également bons » (I, 416/301). Le mot « essai », chez Montaigne, désigne donc à la fois l'opération et son résultat, l'activité de l'esprit et le texte qui en conserve la trace. L'« essai » ainsi défini peut porter aussi bien sur des matières classiques (les passions et les vertus, l'art militaire, la diplomatie, la théologie, la géographie, l'histoire, la littérature, la pédagogie...) ou sur des thèmes plus inattendus et plus propres à l'univers des *Essais* (l'incertitude, la vanité, la fragilité, la magnificence...).

En présentant son travail comme celui d'un apprenti ou d'un amateur, Montaigne adoptait la posture d'un honnête homme s'intéressant aux sciences sans être lui-même un savant. Il voulait par là faire entendre une parole originale, singulière, mais dépourvue de toute autorité patentée. Cette attitude n'était pas fréquente au XVIe siècle, où la littérature était souvent l'affaire de spécialistes. Montaigne avait pleinement conscience du caractère inédit et étrange de son projet : les autres auteurs, dit-il, se présentent « comme grammairien, ou poète, ou jurisconsulte » (III, 45/805), c'est-à-dire comme les spécialistes reconnus d'une discipline bien établie. Il prétend, lui, parler en son nom propre, en tant qu'individu singulier et ordinaire, sans avoir autre chose que sa propre expérience subjective à faire valoir.

Cependant, même s'il ne propose que ses « fantaisies » (II, 104/407), et se satisfait d'écrire un livre « sans science et sans art » (III, 45/805), Montaigne a beaucoup lu, et la forme très novatrice de son livre s'inspire en partie des genres existants à son époque.

LES *ESSAIS* AU CARREFOUR DES GENRES ET DES STYLES

Pour mieux apprécier l'esthétique composite et bigarrée des *Essais*, il faut les rapprocher des traditions littéraires et philosophiques dont ils se nourrissent, et dont nous avons souvent perdu la fréquentation aujourd'hui. Montaigne écrit à la croisée de plusieurs genres littéraires bien établis à la Renaissance, dont il s'inspire et se démarque tout à la fois.

LES LEÇONS ET COMMENTAIRES HUMANISTES

Montaigne est l'héritier des grands humanistes de la Renaissance, dont les plus célèbres ont nom Politien, Valla, Érasme, Budé ou Vivès. Même s'il ne prétend pas faire œuvre érudite, son goût passionné pour l'Antiquité l'incite à fréquenter assidûment les ouvrages savants. Il a personnellement connu de grands savants comme

Adrien Turnèbe (I, 210/139), qui fut professeur de grec au Collège royal et dont la science l'a vivement impressionné. On lui doit un recueil de « leçons », c'est-à-dire de « lectures » et de commentaires sur des points de philologie et d'histoire antique, dont le titre (les *Adversaria* ou « brouillons ») annonce par sa modestie volontaire celui des *Essais*. Montaigne a aussi rencontré François de Foix, son voisin en Guyenne, savant traducteur et commentateur du *Pimandre* d'Hermès Trismégiste. Enfin, il a entretenu une correspondance avec l'humaniste flamand Juste Lipse, auteur de nombreux traités de philologie, d'histoire et de philosophie, qui contribuèrent à ressusciter les savoirs antiques : des *Leçons diverses* au traité *Des amphithéâtres*, du traité *De la constance* aux *Politiques*, ses livres ont été lus et utilisés par Montaigne.

Les *Essais* puisent dans l'immense réserve des connaissances rassemblées par les historiens et les compilateurs de l'Antiquité et par les savants de la Renaissance. Au-delà des informations nombreuses et précises qu'il trouve dans les travaux érudits de son époque, Montaigne hérite aussi de la liberté de ton et de composition qui les caractérisait[1]. Les variations virtuoses d'Érasme dans les plus longs de ses *Adages* ou les amples digressions de Budé dans le traité *De l'as* (consacré en principe aux

1. Voir J. Céard, « Les formes du commentaire ».

monnaies), au ton parfois très personnel, préfigurent directement l'allure libre des *Essais.* Même lorsqu'il porte sur un texte particulier, le commentaire de la Renaissance laisse une grande liberté à l'écrivain pour donner son propre point de vue, ou citer longuement celui d'autres auteurs, en marge du texte qu'il suit. Le commentaire de *La Cité de Dieu* par Vivès a fourni à Montaigne un modèle possible pour cette liberté. Même s'il arrive à Montaigne de le regretter, il est conscient de l'importance prise par la forme du commentaire dans la production littéraire de son époque (« Tout fourmille de commentaires », III, 358/1069), et il sait que les *Essais* en sont en quelque sorte une nouvelle variante, que distinguent certes des traits originaux, comme l'humilité sceptique, la liberté de ton (ou l'irrespect souligné par Michel Charles[1]) ou encore le caractère inhabituellement autoréflexif d'un livre qui se soumet lui-même à son commentaire. Enfin, l'aspect composite du sommaire et la « bigarrure » des matières traitées caractérisent déjà les recueils de leçons humanistes : outre les traités de Turnèbe et de Lipse, il faut citer les livres à succès de Coelius Rhodiginus (*Leçons antiques*) ou de Pierre Messie (*Diverses leçons*), qui regroupent sans ordre des études ayant trait aux différents aspects du monde

1. Voir M. Charles, *L'Arbre et la source*, p. 156-181.

antique et moderne. Le modèle d'une telle diversité se trouve d'ailleurs dès l'Antiquité tardive chez un auteur comme Aulu-Gelle, dont Montaigne a beaucoup pratiqué les *Nuits attiques*, dont il goûtait l'ordre fortuit et la composition disparate.

LES RECUEILS DE LIEUX COMMUNS

Il existe à la Renaissance un autre type d'ouvrages savants, qui sont les ancêtres de nos encyclopédies : les recueils de « lieux communs ». L'appellation n'est pas péjorative car ce genre de livres constituent la base même de la culture scientifique de la Renaissance. Ces ouvrages de compilation rassemblent sous des rubriques communes des citations et des exemples puisés chez les auteurs antiques pour illustrer une même idée morale ou philosophique. Montaigne emprunte beaucoup à certains de ces recueils, antiques (les *Sentences* de Stobée, Ve siècle, classées par Gesner) ou modernes (l'*Officine*, 1520, de Ravisius Textor). Lors de son voyage à Bâle, il rencontre avec intérêt Theodor Zwinger, le savant auteur du *Théâtre de la vie humaine* (1565). Bien des titres de chapitres de Montaigne font ainsi penser à des « lieux communs », qu'ils rassemblent des arguments types à l'appui d'une thèse classique (I.20 :

« Que philosopher c'est apprendre à mourir »), ou qu'ils présentent une listes d'exemples ou d'anecdotes sur un thème donné (I.46, « Des noms », I.48, « Des destriers »; II.22, « Des postes »...). La grande différence est que Montaigne ne juxtapose pas au hasard les exemples ou les citations qu'il recueille, mais les ordonne dans une cohérence d'ensemble[1]. L'exemple le plus manifeste est celui du chapitre « Des coches » (III.6) où l'énumération des moyens de transport les plus étranges sert de simple fil conducteur à une méditation sur des thèmes bien plus ambitieux : le luxe et la magnificence, la guerre, le contraste entre la grandeur et la chute des empires. Il lui arrive pourtant, par exception, de jouer des effets de liste ou de morcellement caractéristiques des recueils de lieux communs, comme lorsqu'il dresse une liste des coutumes étranges (I, 178/112), des morts subites (I, 145/85), ou des arguments consolatoires contre la douleur (III, 384/1090). Mais il se garde de tout excès dans l'utilisation de ces florilèges qui, lorsqu'ils sont trop servilement démarqués, ne mènent qu'à des œuvres médiocres, indigestes « pastissages » (« pâtés ») de matériaux amoncelés lourdement (III, 343/1056).

1. Voir F. Goyet, « À propos de ces "pastissages de lieux communs" ».

LE CENTON : UN MODÈLE TENU À DISTANCE

Un cas particulier de florilège est fourni par le modèle du centon, texte formé par la juxtaposition de citations empruntées à divers auteurs : soudées les unes aux autres, elles forment pour finir un texte inédit animé par un nouveau sens. Montaigne salue deux œuvres contemporaines qui se réclament de cette esthétique ludique et sérieuse à la fois : les centons en vers latins de l'italien Lelio Capilupi, et le traité des *Politiques* (1589) de Juste Lipse (I, 220/148). Il s'amuse parfois lui aussi à coudre des citations d'origines diverses, traduites ou non, pour composer un texte au sens différent de celui des œuvres sollicitées. Mais il reproche au centon de ne pas laisser de place à l'expression directe de la subjectivité, et il préfère quant à lui citer d'autres auteurs pour confirmer ses propres considérations ou à l'inverse s'en démarquer, mais en tout cas pour stimuler le débat et permettre l'émergence de sa propre individualité : « Certes j'ai donné à l'opinion publique que ces parements empruntés m'accompagnent. Mais je n'entends pas qu'ils me couvrent et qu'ils me cachent : c'est le rebours de mon dessein, qui ne veut faire montre que du mien » (III, 342-343/1055). Lorsqu'il donne la parole à d'autres écrivains, c'est pour leur répondre et non pour s'effacer derrière leur voix. Loin de camoufler ses emprunts, il souligne les coutures et les raccords, favorisant les effets de contrastes et les conflits de sens, et acceptant la métaphore de la « marqueterie » pourvu qu'elle reste « mal jointe » (III, 233/964).

L'INFLUENCE DU STYLE JURIDIQUE

Les fonctions que Montaigne exerça pendant une quinzaine d'années au parlement de Bordeaux exigeaient une connaissance solide du droit et de la jurisprudence (sous l'Ancien Régime, les parlements sont avant tout des institutions judiciaires, qui fonctionnent comme des tribunaux d'appel). Même si Montaigne a choisi de mettre fin à cette première carrière, en déclarant avec solennité que le service des Muses, auquel il entendait désormais se consacrer, n'avait plus rien à voir avec l'« esclavage » des tâches judiciaires[1], il est évident que la formation intellectuelle qu'il avait d'abord reçue continue d'exercer une influence importante sur sa méthode et sa pensée lorsqu'il commence les *Essais.* Comme l'a montré André Tournon[2], cette influence se laisse lire à la fois en positif et en négatif dans le travail de l'écrivain.

1. Voir Dossier, p. 184.

2. Voir A. Tournon, *Montaigne. La glose et l'essai.*

Dans l'exercice de ses fonctions de conseiller, Montaigne devait réexaminer les affaires déjà jugées qui faisaient l'objet d'un appel. Il avait donc à examiner les actes des premiers procès pour évaluer les argumentations contraires des parties, soupeser les témoignages opposés, et contrôler l'application des textes juridiques. Ces derniers ne constituent pas, au XVIe siècle, un corpus cohérent ; ils émanent de plusieurs sources, souvent contradictoires entre elles : ordonnances royales, droit coutumier, droit romain. Les textes antiques avaient été longuement commentés par les glossateurs du Moyen Âge, mais les humanistes de la Renaissance (Alciat, Budé, Cujas) s'étaient efforcés de revenir aux textes originaux. Les débats philologiques autour du savoir juridique contribuent à rendre l'application des lois difficile et incertaine.

La pratique juridique a donc familiarisé Montaigne avec les problèmes philosophiques qui l'occuperont lorsqu'il écrira les *Essais* : comment comparer des témoignages contradictoires ? comment apprécier la valeur morale des actions ? comment interpréter les textes antiques ? En tant que juge expertisant des dossiers soumis à une procédure d'appel, Montaigne devait à la fois estimer la valeur des déclarations des parties ou des témoins, et reconsidérer le jugement qui avait été rendu une première fois. On retrouve, transposé dans les *Essais*, ce même dédoublement de la pensée : le jugement s'y soumet à sa propre évaluation, pour définir au plus juste les limites de sa pertinence et les conditions de sa validité.

On peut donc repérer une série de continuités entre la pratique judiciaire de Montaigne et son activité d'écrivain. La rupture, pourtant, est tout aussi importante. L'auteur des *Essais* exerce désormais son jugement hors de toutes contraintes institutionnelles : il est libre de ne plus trancher et de suspendre son jugement, si les contradictions lui paraissent insolubles. C'est l'attitude qu'il privilégiera encore davantage après sa lecture du philosophe sceptique Sextus Empiricus, autour de 1576, qui préconise la suspension du jugement (l'*époché*) : face aux contradictions du monde et de la pensée, ce renoncement peut selon lui mener à une forme de sérénité[1].

1. Voir ci-dessous, p. 114 et suiv.

LES GENRES AUTOBIOGRAPHIQUES

Montaigne aurait pu, comme d'autres gentilshommes qui s'étaient illustrés dans le métier des armes ou dans la diplomatie, écrire l'histoire de sa vie. Il avait lu les *Mémoires* des frères Guillaume et Martin Du Bellay (1569), ces diplomates qui avaient été au centre de la vie politique du début du siècle. Le capitaine Blaise de Monluc écrit ses Mémoires dans les années 1570, en se réclamant de l'exemple de César. Ils furent publiés l'année de la mort de Montaigne, en 1592, sous le titre de *Commentaires de messire Blaise de Monluc*. Mais les *Essais* ne sont pas des Mémoires[1]. Montaigne ne s'astreint ni au récit ni à l'ordre chronologique et, chez lui, l'introspection et la réflexion l'emportent de très loin sur la narration événementielle. Il juge que l'expérience d'un individu ordinaire est tout aussi instructive que celle d'un empereur (« La vie de César n'a point plus d'exemple que la nôtre pour nous ; et emperière et populaire, c'est toujours une vie que tous accidents humains regardent », III, 364/1074), et il ne met donc pas en avant sa participation aux grands événements historiques et diplomatiques de son temps[2]. Il veut tenir registre de ses « fantaisies » plutôt que de ses actions (III, 211/946).

1. Voir G. Schrenck, « La question autobiographique à la Renaissance ».

2. Voir ci-dessous, p. 138 et suiv.

Les *Essais* ne sont pas non plus un journal, même s'ils sont le fruit d'une écriture quasi quotidienne, qui enregistre les impulsions et les humeurs de l'écrivain. Car Montaigne n'écrit pas ses réflexions dans l'ordre où elles lui arrivent : il les répartit entre ses différents chapitres, au prix de ce qu'il nomme une « transposition de chronologie » (III, 233/964). Une pensée ou une citation toute récente peut ainsi venir enrichir ou complexifier un passage écrit plusieurs années auparavant.

L'écriture du diariste n'était pas étrangère à Montaigne. Il a par exemple complété, tout au long de sa vie, un exemplaire de l'*Ephemeris historica* de Beuther, en signalant par de brèves notes, aux dates concernées, les événements politiques ou privés les plus importants pour lui et sa famille[1]. Voilà autant d'informations précises que l'on ne s'attendra pas à trouver dans les *Essais*, qui obéissent à une autre logique. Il faut aussi mentionner le *Journal de voyage*[2] que Montaigne a tenu lors de son équipée en Allemagne et en Italie, en 1580-1581. Il en a confié la rédaction à un secrétaire, avant de prendre lui-même la plume, pour tenir registre des étapes de son voyage et des progrès incertains de sa santé, au fil des cures thermales auxquelles il s'astreignait pour soigner sa maladie urinaire. À nouveau, on saisit par contraste combien la logique des *Essais* s'éloigne de celle de ces notes de voyage que Montaigne, d'ailleurs, ne prévoyait pas de publier (le manuscrit n'en sera retrouvé qu'au XVIIIe siècle).

1. Voir Dossier, p. 185-186.

2. Montaigne, *Journal de voyage*, éd. F. Garavini, « Folio classique » n° 1473. Voir Dossier, p. 188 et suiv.

LE GENRE ÉPISTOLAIRE

Le style souple et libre des *Essais* partage un certain nombre de traits avec le style épistolaire, tel qu'il avait été illustré par les écrivains latins (Cicéron, Pline ou Sénèque) : un ton simple et chaleureux, une grande variété dans les sujets abordés, et un certain art de la digression. Si Montaigne condamne l'ostentation et l'égotisme de Pline ou Cicéron, il trouve en Sénèque l'un de ses modèles privilégiés. Dans ses lettres, ce dernier a su aborder les sujets philosophiques les plus ambitieux dans un langage simple et dans le contexte familier d'une relation amicale ancrée dans l'existence quotidienne. Montaigne s'inspire de ce modèle, à la différence qu'il n'a plus d'interlocuteur digne de Lucilius : depuis la mort précoce de son ami La Boétie[1], il a perdu cette « adresse forte et amie » (I, 359/252) qui aurait pu constituer le pôle d'une relation épistolaire à l'antique. Les *Essais*, dialogue devenu soliloque, sont hantés par la figure de cet interlocuteur disparu. Montaigne écrit pour continuer la conversation avec lui, en continuant de s'intéresser aux thèmes et aux écrivains qui avaient fourni matière à leurs échanges passionnés ; son livre garde l'empreinte mélancolique de son absence[2].

1. Voir D. Frame, *Montaigne*, chap. 5.

2. Voir G. Defaux, *Montaigne et le travail de l'amitié* ; F. Rigolot, *Les Métamorphoses de Montaigne*.

LA CONVERSATION ET LE DIALOGUE

Dans le style écrit des *Essais*, Montaigne a voulu conserver la vivacité des échanges oraux qu'il pouvait avoir avec les « honnêtes et habiles hommes » (III, 66/824) qui furent ses amis. Il revendique un style oral et familier, un « parler simple et naïf [naturel], tel sur le papier qu'à la bouche » (I, 249/171). Les préceptes de « l'art de conférer » (III.8) qu'il propose valent indifféremment pour la conversation et pour l'écriture. Ils font en partie écho aux réflexions des théoriciens italiens de la sociabilité, tels Castiglione ou Guazzo, qui faisaient de la conversation raffinée l'un des arts majeurs du courtisan. Pour eux, la nonchalance, l'allusion et l'esprit sont les qualités essentielles de la conversation de l'homme du monde. Mais Montaigne se réclame tout autant de la parole la plus quotidienne et la plus populaire : il loue la rigueur et « l'ordre qui se voit tous les jours aux altercations des bergers, et des enfants de boutique » (III, 189/925).

En appliquant le modèle de la conversation réglée et souriante à une œuvre philosophique, Montaigne renoue avec une forme de philosophie qu'avaient illustrée Platon et après lui Plutarque dans leurs dialogues (III, 270/994). En rupture avec les formes scolastiques et médiévales de la *disputatio*[1], Montaigne renoue avec l'ordre souple et impromptu des dialogues platoniciens. Il loue la « bigarrure » du *Phèdre*, où Platon passe brusquement d'un sujet à l'autre, de l'amour à la rhétorique. Il admire aussi l'art avec lequel Plutarque, dans le dialogue intitulé *Le Démon de Socrate*, feint d'oublier son thème et de se laisser entraîner par une digression. C'est cette « allure poétique, à sauts et à gambades » (*ibid.*), qu'il a tenté de retrouver dans l'ordre

1. Voir B. Périgot, « "De l'art de conférer" (III.8) : de la dispute à l'essai ».

imprévisible de ses *Essais*, dont le rythme irrégulier semble mimer le mouvement saccadé de l'inspiration.

Les *Essais* sont donc nourris de la bibliothèque de Montaigne, et ils empruntent de nombreux traits formels aux genres existants, ce qui a pu d'ailleurs faciliter pour une part la réception du livre auprès de lecteurs que déroutaient d'autres aspects bien plus inédits. Car le projet de Montaigne est à bien des égards sans équivalent dans la littérature antérieure. Il avait lui-même pleinement conscience du caractère inouï et étrange de son livre, et il s'en ouvre souvent à son lecteur.

II UN PROJET INÉDIT ET PARADOXAL

On l'a vu par les quelques rapprochements qui précèdent, les *Essais* ressemblent à certains genres littéraires ou érudits qui étaient en vogue au XVIe siècle. Mais Montaigne choisit délibérément d'accentuer les traits les plus atypiques de son livre, et il n'hésite pas à en dénoncer l'étrangeté : « C'est le seul livre au monde de son espèce, d'un dessein farouche et extravagant » (II, 77/385). Quel est donc ce dessein ? « Je me suis présenté moi-même à moi, pour argument et pour sujet » (*ibid.*). L'assertion surprend, car le lecteur qui ouvre les *Essais* y trouve, au-delà des considérations personnelles, quantité de sujets abordés, questions d'art militaire, d'histoire, de géographie, de philosophie, de poésie... Même si Montaigne parle souvent de lui, invoque son expérience, ou même ses habitudes familières, il semble également dévoré d'une curiosité insatiable, et il entraîne le lecteur à travers toutes les disciplines de l'encyclopédie de son temps[1]. Comment comprendre alors cette revendication inattendue d'égocentrisme ? L'avis au lecteur n'était pas moins explicite : « lecteur, je suis moi-même la matière de mon livre : ce n'est pas raison que tu emploies ton loisir en un sujet si frivole et si vain. Adieu donc » (I, 49/3). Ce congé ironique et paradoxal, donné au lecteur au seuil même du livre qu'il vient d'ouvrir, signale d'emblée l'une des spécificités majeures des *Essais* : Montaigne ramène à lui, d'une façon ou d'une autre, tous les objets qu'il évoque.

1. Voir M. Beaujour, *Miroirs d'encre*, p. 172-174.

UN DISCOURS RÉSOLUMENT SUBJECTIF

Quel que soit le thème de sa réflexion, les opinions que Montaigne pourra exprimer renvoient en définitive à sa propre individualité. « Je ne contrôle [enregistre] et étudie que moi ; et, si j'étudie autre chose, c'est pour soudain le coucher sur moi, ou en moi, pour mieux dire » (II, 69/378). C'est ainsi que l'enquête sur les choses du monde ramène à la connaissance de soi. L'écriture de Montaigne est rythmée par un mouvement de balancier entre le discours des autres et le discours du sujet sur lui-même.

Prenons par exemple le second chapitre du livre I, « De la tristesse ». Il s'ouvre par une déclaration à la première personne : « Je suis des plus exempts de cette passion » (I, 58/11). Puis le texte convoque le jugement paradoxalement laudatif du temps sur la tristesse et y oppose les condamnations des Italiens ou des stoïciens antiques. Une série d'exemples empruntés à l'histoire ancienne ou à l'actualité viennent ensuite illustrer et complexifier la réflexion, en mettant en évidence la force imprévisible des passions en général. Pour finir, le texte revient au point de vue de l'écrivain : « Je suis peu en prise de ces violentes passions » (I, 61/14). En comparant sa propre expérience à celle exprimée par le discours d'autrui, Montaigne instaure un double mouvement : l'expérience subjective lui sert de pierre de touche pour valider ou invalider les discours rapportés et, à l'inverse, les discours convoqués permettent au « je » de se saisir, par comparaison, dans ses ressemblances et dans ses différences.

La conséquence de ce recentrage constant du discours sur le « je », c'est la limitation de l'autorité à laquelle il peut prétendre. On l'a dit, Montaigne, même s'il s'intéresse à toutes les sciences, ne prétend pas parler en savant. Les discours qu'il tient révèlent davantage d'informations sur lui-même que sur les objets qu'il évoque, dont il ne sait rien de certain : « Ce sont ici mes fantaisies, par lesquelles je ne tâche point à donner à connaître les choses, mais moi » (II, 104/407). On trouve ici la marque des convictions sceptiques de Montaigne, qui réduisent à peu de choses ce qu'il nous est possible de connaître[1]. Les choses nous demeurent inaccessibles, seule nous est sensible notre conscience des choses, ou la conscience d'autrui, telle qu'elle s'exprime dans son discours.

1. Voir ci-dessous, p. 115-116.

Montaigne se présente comme un auteur atypique, en ce qu'il prend la plume pour s'exprimer sur toutes sortes de sujets, en refusant cependant à son discours toute autorité de quelque ordre qu'elle soit. Par rapport aux savants ou aux sages, il n'a donc rien à apporter au lecteur, sinon son sentiment intime et subjectif. Cette posture avait de quoi surprendre, surtout à la Renaissance, où le prestige des sciences, héritées des Anciens, était grand. Tout au plus l'attitude de Montaigne pouvait-elle passer pour une humilité hyperbolique, une forme de fausse modestie, un *topos* de préfacier.

Tout au long de son livre, Montaigne procède systématiquement à cette réduction subjective de la portée et de la validité de son discours. Par exemple, au début du fameux chapitre sur l'éducation, dédié à l'une de ses amies et protectrices, en attente d'un enfant, il la met en garde : « Je n'ai point l'autorité d'être cru, ni ne le désire, me sentant trop mal instruit pour instruire autrui » (I, 220/148). Étrange maître de sagesse, qui doute de lui et de ses propres leçons... Pourtant, cette position n'a rien de désespéré ou de défaitiste. Il conçoit simplement qu'il n'existe probablement de savoir que subjectif et articulé à une expérience singulière.

C'est pourquoi le chapitre « De l'institution des enfants » débouche logiquement sur le récit des propres souvenirs d'élève de Montaigne, qui raconte au lecteur comment son père avait eu soin de lui faire apprendre le latin comme une langue vivante, dès son plus jeune âge, pour lui épargner les affres de l'apprentissage scolaire. « Je dirai ici une façon [...] qui a été essayée en moi-même. S'en servira qui voudra » (I, 250/173). L'auteur des *Essais* propose à son lecteur une expérience particulière, et potentiellement instructive, plutôt que des préceptes universels.

Ainsi réduite à sa propre personne, la compétence de l'écrivain peut sembler bien limitée. Mais elle est aussi solide qu'elle puisse être. Montaigne note avec ironie : « jamais homme ne traita sujet qu'il entendît ni connût mieux que je fais celui que j'ai entrepris [...] en celui-là je suis le plus savant homme qui vive » (III, 45/805).

UN AUTOPORTRAIT EN PAROLES

En tenant registre de ses réflexions, en avouant sans ambages ses convictions et en livrant ses expériences, Montaigne dresse par petites touches une manière d'autoportrait. Qu'il conte, qu'il juge ou qu'il interroge, l'écrivain trahit son caractère : « Tout mouvement nous découvre » (I, 417/302). L'avertissement au lecteur ne ment pas, qui présente le livre comme une peinture des « conditions et humeurs » de Montaigne. En le lisant, le lecteur le connaîtra comme s'il avait longuement conversé avec lui : « tout ce qu'une longue connaissance et familiarité lui pourrait avoir acquis en plusieurs années, il le voit en trois jours en ce registre, et plus sûrement et plus exactement » (III, 253/981). Même s'il ne raconte pas sa vie de manière chronologique, et s'il ne dresse pas non plus un portrait méthodique de lui-même, Montaigne se fait connaître par ses pensées : « Je ne puis tenir registre de ma vie par mes actions : fortune les met trop bas; je le tiens par mes fantaisies » (III, 211/946). On comprend alors que les *Essais*, en apparence assez proches des leçons ou des commentaires humanistes par les matières traitées, s'en distinguent radicalement par leur visée véritable, qui n'est autre que la peinture de soi, et cela même dans les chapitres en apparence les plus impersonnels.

Le portrait ainsi obtenu se distingue par sa fidélité et son réalisme : « Je veux qu'on m'y voie en ma façon simple, naturelle et ordinaire, sans contention et artifice : car c'est moi que je peins. Mes défauts s'y liront au vif », proclame l'avertissement au lecteur (I, 49/3). L'humilité fait partie des *topoi* préfaciels. Mais, dans le cas de Montaigne, il s'agit d'autre chose que de conventions. En cherchant à ne rien dissimuler de lui-même, Montaigne veut donner de lui un portrait total, qui intègre les forces et les faiblesses de son intellect, les qualités et les défauts de son âme. Peu sûr de la validité de ses remarques, il ne les censure en aucune façon : « quelles que soient ces inepties, je n'ai pas délibéré de les cacher, non plus qu'un mien portrait chauve et grisonnant, où le peintre aurait mis non un visage parfait, mais le mien. Car aussi ce sont ici mes humeurs et opinions » (I, 220/148). Il ne cherche pas davantage à dissimuler ses vices. Montaigne ne prétend pas à l'exemplarité ; il espère seulement s'évaluer avec justesse et humilité. Comme l'a montré Hugo Friedrich, l'abaissement de soi est une manière d'arriver à une connaissance concrète et exacte de soi-même[1]. L'imperfection est constitutive de la nature humaine.

1. Voir H. Friedrich, *Montaigne*, p. 26. Voir Dossier, p. 231.

LE TRAVAIL INFINI DE L'INTROSPECTION

Montaigne commence à écrire en se laissant guider par ses fantaisies. Il découvre alors un paysage intérieur insoupçonné : « il me semblait ne pouvoir faire plus grande faveur à mon esprit, que de le laisser en pleine oisiveté, s'entretenir soi-même, et s'arrêter et rasseoir en soi [...] faisant le cheval échappé, il se donne cent fois plus d'affaire à soi-même, qu'il n'en prenait pour autrui ; et m'enfante tant de chimères et monstres fantasques les uns sur les autres, sans ordre et sans propos, que pour en contempler à mon aise l'ineptie et l'étrangeté, j'ai commencé de les mettre en rôle [en liste], espérant avec le temps lui en faire honte à lui-même » (I, 82/33). L'abondance des pensées occasionnées par la lecture et par la rêverie paraît sans limites. Il s'agit cependant pour Montaigne de mieux régler la marche de son esprit, pour parvenir à une conscience exacte de lui-même. La connaissance de soi devient son seul but : « Je m'étudie plus qu'autre sujet. C'est ma métaphysique, c'est ma physique » (III, 363/1072). Il fait sien l'impératif de l'oracle de Delphes, repris par Socrate, qui fait de la connaissance de soi la voie d'accès à la sagesse. Mais cette recherche en apparence si simple est infinie : « Moi qui ne fais autre profession, y trouve une profondeur et variété si infinie, que mon apprentissage n'a autre fruit que de me faire sentir combien il me reste à apprendre » (III, 366/1075). Le discours sur soi, en apparence futile et aisé, se révèle une tâche difficile.

La première publication des *Essais*, en 1580, qui est déjà l'aboutissement d'un travail d'une dizaine d'années, ne met pas un terme à l'entreprise. Un moment interrompue par les tâches politiques, lorsque Montaigne est maire de Bordeaux, l'écriture reprend de plus belle à partir de 1586. Mais la nouvelle édition, très augmentée, de 1588, n'est elle-même qu'une étape : Montaigne continue à ajouter, dans les marges des exemplaires qu'il possède, une multitude de remarques et de citations. La tâche qu'il s'est fixée est infinie. Plus l'écrivain creuse en lui-même, plus il scrute les replis de sa mémoire et l'épaisseur de sa conscience, plus la complexité de sa propre subjectivité le submerge.

Dans l'édition de 1588, il s'étonne : « Je n'ai vu monstre et miracle au monde plus exprès que moi-même. On s'apprivoise à toute étrangeté par l'usage et le temps ; mais plus je me hante et me connais, plus ma difformité m'étonne, moins je m'entends en moi » (III, 310/1029). Dans les ajouts postérieurs à 1588, il note à nouveau : « C'est une épineuse entreprise, et plus qu'il ne semble, de suivre une allure si vagabonde que celle de notre esprit ; de pénétrer les profondeurs opaques de ses replis internes ; de choisir et arrêter tant de menus airs de ses agitations [...]. Il y a plusieurs années que je n'ai que moi pour visée à mes pensées, que je ne contrôle [enregistre] et étudie que moi [...] je ne me contente guère du progrès que j'y ai fait. Il n'est description pareille en difficulté à la description de soi-même, ni certes en utilité » (II, 68-69/378).

La minutie, l'intensité et la durée de l'observation de soi telle que Montaigne la pratique donnent à son autoportrait une profondeur unique. La tâche qu'il s'est fixée finit par l'accaparer jalousement. Malgré son apparente nonchalance, Montaigne est un écrivain à la vocation tyrannique, comme plus tard Rousseau, Proust, ou Leiris. « Car ceux qui se repassent par fantaisie seulement et par langue quelque heure, ne s'examinent pas si primement [essentiellement], ni ne se pénètrent, comme celui qui en fait son étude, son ouvrage et son métier, qui s'engage à un registre de durée, de toute sa foi, de toute sa force » (II, 426/665). La notion d'engagement est ici à prendre dans sa pleine mesure. L'entreprise des *Essais* est mue par une nécessité obscure et impérieuse. « Je dois au public universellement mon portrait » (III, 144/887) : Montaigne s'est engagé à donner de soi une description intégrale (« universelle »), exacte et minutieuse, au risque, en ne passant rien sous silence, de choquer parfois la pudeur ordinaire. L'impératif est catégorique, et pourtant sa réalisation est impossible, car la tâche est infinie. Seule la mort pourra mettre à l'œuvre en cours un point final, de manière fortuite.

RECULER LES LIMITES DE LA PUDEUR

Confronté à un projet inédit dans sa radicalité, Montaigne a constamment cherché à reculer les limites de l'écriture de soi. Comme les autobiographes qui l'ont suivi, il s'est trouvé confronté au délicat problème de tout dire. Comment surmonter la honte liée à certains aveux, comment éviter l'impudeur? Montaigne s'étonne parfois lui-même de sa franchise : « Plaisante fantaisie : plusieurs choses que je ne voudrais dire à personne, je les dis au peuple [au public], et sur mes plus secrètes sciences ou pensées, renvoie à une boutique de libraire mes amis plus féaux [fidèles] » (III, 253/981). Dès l'avertissement au lecteur, il avouait son désir de tout montrer, en respectant seulement les lois ordinaires de la pudeur (la « révérence publique ») : « si j'eusse été entre ces nations qu'on dit vivre encore sous la douce liberté des premières lois de nature, je t'assure que je m'y fusse très volontiers peint tout entier, et tout nu » (I, 49/3). Par ce clin d'œil ironique aux Indiens de son chapitre « Des cannibales » (I.31), Montaigne exprime la nostalgie d'un âge utopique où la nudité était innocente, où la sincérité absolue aurait été libre de tout soupçon de provocation. La nudité dont il rêve tient plus de la vérité que de la volonté de séduire ou de choquer.

Dans les deux premiers livres des *Essais*, Montaigne évoque presque tous les sujets imaginables, sans tabous : ses sentiments les plus intimes (l'amitié, I.28), son rapport à l'argent (I.14), sa manière de prier (I.56), la maladie urinaire dont il souffre comme son père (II.37)… Mais lorsqu'il ajoute un troisième livre, en 1588, il ose un pas de plus dans les confessions, même s'il garde conscience d'une limite à ne pas franchir : « Je dis vrai, non pas tout mon saoul, mais autant que je l'ose dire ; et l'ose un peu plus en vieillissant, car il semble que la coutume concède à cet âge plus de liberté de bavasser et d'indiscrétion à parler de soi » (III, 45/806). Il choisit de consacrer un long chapitre aux réalités les plus concrètes de la vie sexuelle des hommes et des femmes, et il y revendique le droit à une franchise totale. Il proteste contre la fausse pudeur, dans une page que Diderot reprendra dans *Jacques le Fataliste*[1] (« Qu'a fait l'action génitale aux hommes, si naturelle, si nécessaire et si juste, pour n'en oser parler sans vergogne et pour l'exclure des propos sérieux et réglés ? », III, 94/847), et déclare : « je me suis ordonné d'oser dire tout ce que j'ose faire » (III, 92/845). Seule la bienséance limite son désir de se livrer : la respecter est indispensable, pour ne pas enfreindre les conventions qui rendent possible la communication avec le lecteur.

1. Voir *Jacques le Fataliste*, « Folio classique » n° 763, p. 261. Voir Dossier, p. 211-212.

C'est pourquoi, dans le chapitre « Sur des vers de Virgile » (III.5), Montaigne recourt à des moyens détournés pour évoquer les réalités de sa vie sexuelle sans trop choquer. Il se sert d'abord du procédé du commentaire, partant d'un texte classique (des vers de Virgile évoquant Vénus et Vulcain — III, 97/849) pour aborder de manière indirecte l'objet réel du chapitre : le désir. Ensuite, pour parler des réalités les plus crues de sa vie sexuelle, Montaigne s'exprime obliquement, à travers des citations de poètes latins[1]. Ainsi, lorsqu'il évoque à mots couverts les détails de son anatomie intime, Montaigne passe du français au latin, en citant un poème érotique des *Priapea* : « Quand j'en ai vu quelqu'une s'ennuyer de moi, je n'en ai point incontinent accusé sa légèreté ; j'ai mis en doute si je n'avais pas raison de m'en prendre à nature plutôt. Certes, elle m'a traité illégitimement et incivilement, *Si non longa satis...* [si elle n'est pas assez longue...] » (III, 144/887). Le détour par le latin ne diminue pas le sel du propos, au contraire : Montaigne souligne, en détournant une citation de Juvénal, la puissance d'excitation de la poésie érotique : « *Et versus digitos habet* » (« Les vers ont des doigts pour stimuler... », III, 96/849). Le dispositif, pourtant, n'est pas exempt d'ambiguïté : car l'érotisme joue autant sur la dissimulation que sur le dévoilement. Au début du chapitre, Montaigne caresse l'idée d'être lu en cachette par des lectrices que sa franchise pourra émoustiller : « Ce chapitre me fera du cabinet » (III, 94/847) — c'est-à-dire : sera lu dans les boudoirs... Il s'agit de jouer avec les limites de la pudeur et de l'impudeur pour mieux séduire... par les jeux de l'écriture.

1. Voir G. Mathieu-Castellani, *Montaigne ou la vérité du mensonge*, p. 50-54.

LES CONTRAINTES D'UN PORTRAIT EN MOUVEMENT

Si la description de soi est une tâche infinie, c'est que l'objet qu'elle poursuit est perpétuellement en mouvement. Dès la première édition, Montaigne présentait son portrait comme destiné à évoluer avec le temps : « Je ne vise ici qu'à découvrir moi-même, qui serai par aventure autre demain, si nouveau apprentissage me change » (I, 220/148). Dans l'édition de 1588, il précise encore ce sentiment du changement : « Je ne puis assurer mon objet. Il va trouble et chancelant, d'une ivresse naturelle. Je le prends en ce point, comme il est, en l'instant que je m'amuse à lui. Je ne peins pas l'être. Je peins le passage : non un passage d'âge en autre, ou, comme dit le peuple, de sept en sept ans, mais de jour en jour, de minute en minute » (III, 44/805). L'impératif de fidélité à soi, qui impose de faire coïncider la pensée et son expression de manière instantanée, a pour corollaire une écriture infinie : « quand serai-je à bout de représenter une continuelle agitation et mutation de mes pensées [...] ? » (III, 211/946). Avec humour, Montaigne prévient son lecteur : « j'irai autant qu'il y aura d'encre et de papier au monde » (*ibid.*).

Si le mouvement perpétuel de la pensée et la mutation inexorable de la subjectivité condamnent à l'échec le projet de se connaître d'une façon achevée et complète, il est en revanche un autre but qui reste réalisable, c'est la saisie de soi dans l'instant. Celle-ci requiert un style suffisamment fluide et mobile pour refléter au plus près les mouvements irréguliers de la pensée. « À même que mes rêveries se présentent, je les entasse ; tantôt elles se pressent en foule, tantôt elles se traînent à la file. Je veux qu'on voie mon pas naturel et ordinaire, ainsi détraqué qu'il est » (II, 105/409). Pour rendre compte de la nature fugace de la conscience de soi, l'écriture doit mimer l'aspect improvisé et instantané du discours intérieur. D'où le choix d'un style oral, qui peut faire sa place à l'improvisation et se calquer sur les brusques soubresauts de la conscience. Ce style se caractérise par l'emploi de certaines figures de style, comme l'hyperbate, qui prolonge et réoriente la phrase de façon inattendue, ou la rectification, qui corrige sans effacer[1].

1. Voir ci-dessous, p. 97.

Montaigne a conscience d'écrire un livre labile, en perpétuelle évolution. D'une édition à l'autre, il modifie son texte par l'insertion d'ajouts qui reconfigurent la logique interne du discours. Il se défend d'avoir enlevé une idée ou modifié une opinion lors de ces remaniements. Il préfère ajouter une idée contradictoire, s'il a changé d'avis sur une question, que de renier l'idée qu'il avait exprimée autrefois : « je ne corrige point mes premières imaginations par les secondes ; oui à l'aventure quelque mot, mais pour diversifier, non pour ôter. Je veux représenter le progrès de mes humeurs, et qu'on voie chaque pièce en sa naissance [en son état d'origine] » (II, 536/758). Les seules corrections admises sont de l'ordre du style, mais elle ne changent pas, en profondeur, le sens d'un passage.

La logique de la fidélité à soi débouche ainsi sur un livre qui s'augmente par sédimentation, et se gonfle d'ajouts à mesure que le temps passe. Montaigne avoue avec ironie la dimension commerciale du processus[1] : « Mon livre est toujours un. Sauf qu'à mesure qu'on se met à le renouveler afin que l'acheteur ne s'en aille les mains du tout vides, je me donne loi d'y attacher [...] quelque emblème supernuméraire. Ce ne sont que surpoids, qui ne condamnent point la première forme » (III, 233/964). L'augmentation ne compromet pas la cohérence du livre, conçue sur le mode de l'unité organique : il s'accroît comme un être vivant, comme un enfant prend du poids et gagne des

1. Voir G. Hoffmann, *Montaigne's Career.*

forces. D'où la devise empruntée à Virgile et ajoutée en épigraphe sur l'exemplaire de Bordeaux : « *viresque acquirit eundo* » (« et il acquiert des forces en allant de l'avant »).

UN LIVRE « CONSUBSTANTIEL » À SON AUTEUR

Les destins du livre et de son auteur, le premier s'accroissant à mesure que le second vieillit, ont fini par se lier de façon intime. Au début de la rédaction, Montaigne ne se consacre à son livre que durant son loisir : « je n'y mets la main que lorsqu'une trop lâche oisiveté me presse, et non ailleurs que chez moi. Ainsi il s'est bâti à diverses poses et intervalles, comme les occasions me détiennent ailleurs parfois plusieurs mois » (II, 536/758). Mais à partir de 1586, et jusqu'à sa mort en 1592, le livre occupe de plus en plus de place dans sa vie. Il surveille avec soin l'édition de 1588, en se rendant exprès à Paris. Il annote ensuite avec soin plusieurs exemplaires de cette édition, pour en proposer une réédition enrichie et augmentée, qui ne verra le jour qu'après sa mort. L'œuvre finit par se confondre avec son auteur : « Je n'ai pas plus fait mon livre que mon livre m'a fait, livre consubstantiel à son auteur, d'une occupation propre, membre de ma vie ; non d'une occupation et fin tierce et étrangère comme tous autres livres » (II, 426/665). L'écriture a guidé sa vie intérieure, et elle a donné forme à la conscience qu'il avait de lui-même. Mettre par écrit permet de « donner corps » aux « menues pensées qui se présentent » (II, 427/665). À plus large échelle, l'écrivain découvre en enregistrant toutes ses mutations une « forme essentielle » (III, 66/823), ou « forme maîtresse » (III, 52/811) qui émerge de tant d'instabilité. Le mouvement n'accouche pas du chaos, mais d'une forme de régularité : l'inertie d'un tempérament, les contours d'un caractère, bref une silhouette reconnaissable entre mille.

Un renversement inattendu se produit alors : c'était d'abord le livre qui se calquait sur son modèle vivant, c'est pour finir l'auteur qui s'efforce de rester fidèle à l'image que lui renvoie son livre : « Je sens ce profit inespéré de la publication de mes mœurs qu'elle me sert aucunement de règle. Il me vient parfois quelque considération de ne trahir l'histoire de ma vie. Cette publique déclaration m'oblige de me tenir en ma route, et à ne démentir l'image de mes conditions » (III, 252/980). En écrivant sa vie, Montaigne a pu transformer la contingence de ses habitudes en un caractère conscient, qui n'a rien d'idéal, mais qui lui est propre.

Montaigne est devenu peu à peu, pour ses contemporains, l'auteur des *Essais.* Pour le meilleur et pour le pire, leur destin est lié : « nous allons conformément et tout d'un train, mon livre et moi. Ailleurs, on peut recommander et accuser l'ouvrage à part de l'ouvrier ; ici, non : qui touche l'un, touche l'autre » (III, 46/806).

Le livre peut ainsi servir d'émissaire et d'ambassadeur à son auteur, en lui gagnant la sympathie de lecteurs parfois illustres. À Henri III qui le complimentait pour son livre en 1580, Montaigne répondait avec esprit : « Sire, il faut donc nécessairement que je plaise à votre majesté, puisque mon livre lui est agréable, car il ne contient autre chose qu'un discours de ma vie et de mes actions[1]. » Et de fait le roi appuiera peu après la nomination de Montaigne comme maire de Bordeaux... Le livre n'avait pas été écrit pour plaire aux puissants (si tel avait été son but principal, il aurait été précédé d'une dédicace en ce sens) mais, s'il pouvait, chemin faisant, aider à la carrière de son auteur, tant mieux !

1. Voir Dossier, p. 191.

Devenus partie intégrante de la vie de son auteur, les *Essais* doivent faire eux aussi l'objet d'un examen : « j'écris de moi et de mes écrits comme de mes autres actions » (III, 359/1069). Attaché à connaître sa propre valeur, Montaigne veut intégrer à son évaluation le livre même qu'il est en train d'écrire. D'où les nombreux passages où il s'interroge sur son projet, définit son style, commente son propre texte : « mon thème se renverse en soi », déclare-t-il pour justifier ces développements autoréflexifs et pour écarter le reproche de vanité que pourraient lui attirer ces « œillades si fréquentes » lancées à son ouvrage (III, 358/1069).

Montaigne prend souvent du recul par rapport à son texte, pour en démêler la composition ou pour en évaluer la pertinence. Ainsi au début du chapitre « De l'utile et de l'honnête » (III.1), où il limite d'emblée et avec ironie la valeur des considérations qui suivent : « Personne n'est exempt de dire des fadaises [...]. Je parle au papier comme je parle au premier que je rencontre. Qu'il soit vrai, voici de quoi » (III, 27/790). Ou bien, au début du chapitre « Des prières » (I.56) : « je me mêle ainsi témérairement à toute sorte de propos, comme ici » (I, 435/318). Ce type d'introductions, inspirées de l'écriture sceptique de Sextus Empiricus[1], tiennent à distance critique le corps du chapitre qui suit, en invitant le lecteur lui-même à le soumettre à une évaluation libre et sans préjugé. Il arrive aussi qu'au terme d'un développement l'écrivain jette un regard en arrière et relativise ce qu'il vient de dire. Par exemple, après avoir énuméré une série d'arguments consolatoires contre la douleur et la maladie, dont les derniers semblaient pourtant être pleinement assumés par le « je », il met ironiquement en doute leur pouvoir réel de persuasion : « Par tels arguments, et forts et faibles, comme Cicéron le mal de sa vieillesse, j'essaie d'endormir et amuser mon imagination » (III, 389/1095).

1. Voir E. Naya, *Essais de Michel seigneur de Montaigne*, p. 77.

Ailleurs, la conclusion d'une enquête est l'occasion pour Montaigne de contester radicalement les termes mêmes du problème tel qu'il l'a posé, à travers les exemples qu'il a empruntés à la tradition[1]. Le premier chapitre des *Essais* pose un problème psychologique assez simple : est-il plus facile d'emporter la pitié du vainqueur en le suppliant, ou en affichant une attitude de défi ? Quelques exemples empruntés à l'histoire ancienne et moderne permettent de suggérer que la réponse n'est pas automatique. Mais la conclusion que tire Montaigne va bien au-delà du problème initial : il conclut à la relativité de toute science et à la difficulté de tenir un discours général sur la nature humaine : « Certes, c'est un sujet merveilleusement vain, divers et ondoyant, que l'homme. Il est malaisé d'y fonder

1. Voir A. Tournon, *Montaigne en toutes lettres*, p. 61.

jugement constant et uniforme » (I, 55/9). Bel exemple de scepticisme : la question posée finit par emporter avec elle les bases mêmes du questionnement, et par rendre impossible toute conclusion ferme et définitive.

Les citations que Montaigne inclut dans son texte sont bien souvent l'occasion d'un jugement critique : les vers de Virgile qui constituent le centre du chapitre 5 du livre III font l'objet d'un commentaire ironique : Vénus, « si belle toute nue, et vive, et haletante », est aussi « un peu bien émue pour une Vénus maritale » (III, 97/849). Virgile serait ainsi meilleur poète que psychologue... À l'inverse, après avoir traduit les dernières paroles de Socrate telles que Platon les rapporte, Montaigne laisse éclater son enthousiasme : « Voilà pas un plaidoyer sec et sain, mais quand et quand naïf et bas, d'une hauteur inimaginable, véritable, franc et juste au-delà de tout exemple [...] ? » (III, 341/1054). L'écrivain se place donc en position de lecteur et de critique de la page qu'il vient de reproduire. Le décrochement réflexif, d'ailleurs, ne s'arrête pas là : Montaigne s'interroge ensuite sur son rapport au texte d'autrui en général. Il imagine les critiques qu'on pourrait lui adresser concernant l'abondance des citations étrangères dans les *Essais.* Commence alors un passage métapoétique, dans lequel Montaigne commente non plus le texte qu'il vient de citer, mais son propre texte et sa propre pratique de la citation : « Comme quelqu'un pourrait dire de moi que j'ai seulement fait ici un amas de fleurs étrangères, n'y ayant fourni du mien que le filet à les lier [...] c'est le rebours de mon dessein, qui ne veut faire montre que du mien » (III, 342-343/1055).

D'une manière plus générale, les arguments ou les citations que Montaigne emprunte à la tradition antique sont en permanence soumis au filtre de son jugement. Leur efficacité n'est jamais garantie *a priori*; elle doit être l'objet d'un assentiment subjectif et ponctuel, qui leur donnera une validité réelle mais limitée. Il souhaite « tout passer par l'étamine », et ne rien admettre « par simple autorité et à crédit » (I, 224/151). Entre les préceptes contraires des philosophes, il faut examiner et choisir et, si on ne peut se décider, demeurer en doute. Le texte des *Essais* est donc constitué par cette série de retours critiques sur les matières qu'il véhicule. La moindre sentence, une fois prononcée, doit être librement ratifiée de la part de l'écrivain, qui peut tout autant l'accepter ou bien la remettre en question, par un exemple qui la contredit. L'aspect constamment clivé et autoréflexif du discours invite ainsi le lecteur à se glisser lui-même à la position de l'évaluateur, et à continuer ou à refaire à son tour l'opération intellectuelle à laquelle s'est livré avant lui l'auteur.

LA PLACE DU LECTEUR

L'accent inédit placé sur la subjectivité dans l'écriture des *Essais* pourrait présenter un risque rédhibitoire, celui de détourner le lecteur d'un livre trop égocentrique. L'auteur, trop préoccupé de s'analyser lui-même et d'évaluer son propre jugement, resterait sans lecteurs. C'est le risque que tente de conjurer l'avis au lecteur, par l'ironie : « C'est ici un livre de bonne foi, lecteur. Il t'avertit dès l'entrée, que je ne m'y suis proposé aucune fin, que domestique et privée. Je n'y ai eu nulle considération de ton service, ni de ma gloire. [...] Adieu donc » (I, 49/3). Ce congé, bien sûr, est à prendre à contre-pied. Montaigne a besoin de son lecteur pour mener à bien son projet. S'il lui arrive de goûter les charmes de la solitude, il ne voudrait pour rien au monde se passer des plaisirs de la sociabilité. Enregistrer ses réflexions suppose déjà, par anticipation, le plaisir de les proposer à autrui : « Nul plaisir n'a goût pour moi sans communication. Il ne me vient pas seulement une gaillarde pensée en l'âme qu'il ne me fâche de l'avoir produite seul, et n'ayant à qui l'offrir » (III, 260/986). C'est la publication qui donne son sens ultime à l'écriture.

Les *Essais* sont comme le prolongement naturel de la conversation que Montaigne pouvait avoir avec ses amis et connaissances. Il reflète par là son goût pour l'échange et la rencontre : « Je suis tout au dehors et en évidence, né à la société et à l'amitié » (III, 66/823).

Du reste, dans la société restreinte des milieux humanistes et robins que fréquente Montaigne, il n'y a jamais loin de la lecture à la rencontre. Montaigne n'avait-il pas lié connaissance avec La Boétie après avoir eu en main une copie du *Discours de la servitude volontaire* (I, 264/184) ? Son meilleur ami et interlocuteur à présent disparu, il espère que son livre lui servira d'ambassadeur auprès d'autres amis de la même trempe : « Outre ce profit que je tire d'écrire de moi, j'en espère cet autre que, s'il advient que mes humeurs plaisent et accordent à quelque honnête homme avant que je meure, il recherchera de nous joindre » (III, 253/981). Une telle rencontre se produira, « par l'entremise » de son livre, en 1588 : en la personne d'une jeune admiratrice, Marie de Gournay, Montaigne goûtera à nouveau les charmes d'un esprit accordé au sien (III, 344/1057).

Mais le plaisir de l'échange et de la réflexion partagée n'épuise pas le rôle confié au lecteur dans l'entreprise des *Essais*. Pour penser, Montaigne a besoin de ce « partenaire virtuel[1] » qu'est le lecteur, à l'horizon de ses *Essais*. Il lui faut une source d'émulation, un regard qui valide ses conclusions, ou qui les invalide par des arguments contraires et plus forts que les siens. Il recherche pour cela une « âme forte et un roide jouteur » (III, 185/923). Cette relation de séduction et de défi, que Montaigne place au fondement de la « conférence », c'est-à-dire de l'entretien philosophique, il l'installe aussi au cœur de son livre, sous une forme virtuelle : son texte est un appel différé au lecteur, qui entrera en conversation avec l'auteur des *Essais*, à travers la médiation de son œuvre, tout comme Montaigne lui-même a dialogué avec Sénèque ou Plutarque. C'est pourquoi la simple possibilité d'être lu par un lecteur « diligent » (attentif, III, 270/994) et « suffisant » (compétent, I, 196/127) suffit à reconstituer les conditions du dialogue interrompu avec La Boétie, ce « commerce » qui pourra « attirer », « soutenir » et « soulever » l'auteur des *Essais* (I, 359/304).

Ainsi le discours des *Essais* est-il en permanence ouvert à autrui, tendu vers le lecteur, pour qu'il le confronte à sa propre opinion, le valide ou le refuse, le compare à sa propre expérience. L'œuvre n'est pas close, mais ouverte à l'interprétation du lecteur,

1. *Ibid.*, p. 114.

qui pourra même, le cas échéant, dépasser et compléter la pensée de Montaigne. Il a lui-même fait l'expérience, en comparant sa propre lecture de Tite-Live avec celle que Plutarque en a faite, de la part qui revient à l'interprétation dans le processus de la lecture : « J'ai lu en Tite-Live cent choses que tel n'y a pas lu. Plutarque en y a lu cent, outre ce que j'y ai su lire, et, à l'aventure, outre ce que l'auteur y avait mis » (I, 230/156).

Pour les humanistes de la Renaissance, la lecture ne consiste pas seulement à retrouver le sens que l'auteur a enfoui dans son texte : elle est productrice de sens à part entière. « Un suffisant lecteur découvre souvent ès écrits d'autrui des perfections autres que celles que l'auteur y a mises et aperçues, et y prête des sens et des visages plus riches » (I, 196/127). C'est aussi à dessein que Montaigne a donné à son livre une forme ouverte, en reprenant parfois des citations ou des récits qu'il ne commente pas explicitement, des « histoires qui ne disent mot, lesquelles qui voudra éplucher un peu ingénieusement, en produira infinis *Essais* » (I, 357-358/251).

Le lecteur est donc indispensable à l'élaboration du sens. À l'inverse, en quoi les *Essais* peuvent-ils être utiles au lecteur ? En refusant tout dogmatisme, Montaigne a exclu l'idée que son livre puisse fournir des leçons de sagesse prêtes à l'emploi. Mais l'utilité, congédiée au seuil du livre, fait retour plus tard sous une autre forme. À quoi peut servir l'expérience que Montaigne consigne dans son livre, puisqu'elle est irrémédiablement subjective ? Sans être généralisable *a priori*, elle peut rencontrer de manière ponctuelle et aléatoire l'expérience également subjective de tel ou tel lecteur : ce sera à lui d'en décider. « Ce qui me sert, peut aussi par accident servir à un autre » (II, 68/377).

Montaigne, en tout cas, refuse de se poser en modèle. Les règles de sagesse ou de santé qui ont pu lui servir ne sont pas universelles. Tout au plus accepte-t-il avec humour de servir d'antimodèle, et d'instruire son lecteur plutôt par « contrariété que par exemple » en lui montrant ce qu'il ne faut pas faire : « ce que les honnêtes hommes profitent au public en se faisant imiter, je le profiterai à l'aventure à me faire éviter [...] publiant et accusant mes imperfections, quelqu'un apprendra de les craindre » (III, 184/922).

L'utilité promise au lecteur est de nature paradoxale et inhabituelle. Il ne s'attendra pas à puiser dans les *Essais* des leçons de sagesse prêtes à l'emploi, mais il pourra espérer y trouver à la fois le plaisir de rencontrer un homme entier, avec ses qualités et ses contradictions, et le bénéfice d'un exercice mental destiné à lui permettre d'aiguiser son propre jugement. À nouveau, le modèle de la conversation amicale s'impose pour comprendre la lecture qu'appellent les *Essais* : « La fin de ce commerce, c'est simplement la privauté, fréquentation et conférence : l'exercice des âmes, sans autre fruit » (III, 67/824).

III L'ESTHÉTIQUE DE LA DIVERSITÉ ET SES ENJEUX

Montaigne souligne souvent lui-même l'aspect hétéroclite de son livre, sans chercher à s'en excuser. Il est vrai que ce goût de la diversité relève tout autant d'un parti pris personnel que des tolérances liées aux habitudes des lecteurs de la Renaissance, accoutumés aux recueils et florilèges les plus décousus. Certains chapitres des *Essais* apparaissent comme de simples collections d'exemples, ainsi « Des noms », annoncé comme « une galimafrée de divers articles » (I, 385/276). De même, « Des coches » part de l'inventaire de « l'infinie variété que les histoires nous présentent de l'usage des coches au service de la guerre » (III, 159/901). À plus large échelle, c'est le livre entier qui apparaît comme une couture de pièces hétérogènes (une « rhapsodie », I, 100/48), un mélange sans ordre de sujets divers, plus ou moins nourrissants ou savoureux (une « fricassée », III, 370/1079, une « farcissure », I, 151/90).

LE PARTI PRIS DE LA BIGARRURE

La table des matières donne d'emblée la mesure de cette diversité sans règle. Les titres des chapitres renvoient souvent à des thèmes ou des notions (« De la solitude », I.39 ; « De la diversion », III.4), ou encore à des personnages célèbres (« Du jeune Caton », I.37 ; « Considération sur Cicéron », I.40) ; mais ce sont parfois des sentences ou des proverbes (« Nous ne goûtons rien de pur », II.20 ; « À demain les affaires », II.4). Parfois, le titre annonce une notion classique, souvent débattue dans la tradition philosophique (« De la constance », I.12 ; « De la colère », II.31), parfois, au contraire, ce sont de simples objets quotidiens qui retiennent l'attention de Montaigne (« De l'usage de se vêtir », I.26, « Des senteurs », I.55), voire des objets en apparence insignifiants et évanescents (« Des vaines subtilités », I.54).

La longueur des chapitres est imprévisible : le plus court fait une page

(« Le profit de l'un est dommage de l'autre », I.22), le plus long plus de deux cents pages (« Apologie de Raimond Sebond », II.12). Montaigne joue volontairement de ces effets de contraste : dans le livre III, où les chapitres sont plus longs, il laisse volontairement subsister un chapitre très court au centre (III.7). Par ailleurs, la situation d'énonciation n'est pas la même selon les chapitres. Certains chapitres ont une destinataire privilégiée (amie ou protectrice de l'auteur), identifiée par une dédicace explicite — Diane de Foix (I.26), Marguerite de Duras (II.37), Louise d'Estissac (II.8), Diane de Grammont (I.29) —, ou implicite — l'« Apologie de Raimond Sebond » est sans doute composée pour Marguerite de Valois, l'épouse d'Henri de Navarre (II, 293/557). Chacun de ces chapitres est comme un opuscule autonome, adressé à une lectrice privilégiée. D'où certains effets de distorsion par rapport au reste du livre : car dans un chapitre comme « De la diversion » (III.4), Montaigne semble au contraire ne pas s'adresser aux femmes, en parlant d'elles à la troisième personne. Plus subtilement, dans « Sur des vers de Virgile » (III.5), il espère être lu en cachette par des lectrices que n'effaroucheront pas les sujets grivois, même si le chapitre ne leur est pas destiné (III, 94/847).

Les *Essais* apparaissent ainsi comme un « fagotage » de « diverses pièces » (II, 536/758). Montaigne n'a rien fait pour réduire cette disparité, bien au contraire.

L'ESTHÉTIQUE DE LA *VARIETAS*

L'aspect éclaté et composite des *Essais* choquait sans doute moins les lecteurs du XVIe siècle, habitués à l'esthétique des mélanges en prose et des recueils de poésie. Érasme, dans ses *Adages*, avait donné l'exemple d'une complète liberté aussi bien pour les sujets que pour le ton, la disposition et la longueur des chapitres. Étienne Pasquier, l'auteur des *Recherches de la France*, un recueil de leçons historiques publié à partir de 1560, a utilisé dans ses *Lettres* l'image d'une « prairie diversifiée pêle-mêle et sans art » pour caractériser l'esthétique à l'œuvre dans son livre, en empruntant une expression souvent utilisée pour les recueils poétiques[1].

Montaigne lui-même suggère que l'on peut faire une lecture esthétique de la diversité des *Essais* lorsqu'il utilise la métaphore des « grotesques » pour caractériser ses propres compositions. Il s'agit de motifs décoratifs alors très en vogue, inspirés des peintures romaines, et utilisés pour encadrer les

1. Voir Dossier, p. 192.

fresques des palais. Montaigne explique qu'il a voulu, avec les linéaments irréguliers de ses *Essais*, former un cadre pouvant accueillir le *Discours de la servitude volontaire* de son ami La Boétie en leur centre. Il décrit ses propres discours comme des « peintures fantasques, n'ayant grâce qu'en la variété et étrangeté », des « corps monstrueux, rapiécés de divers membres, sans certaine figure, n'ayant ordre, suite ni proportion que fortuite » (I, 263/183). À l'échelle du chapitre, les considérations de l'écrivain se disposent au hasard, sans ordre préétabli. À l'échelle du livre, en général, les chapitres se suivent sans progression particulière.

Le désordre de la composition, toutefois, n'est pas absolu. Ici et là émergent, de façon fugace, des effets de perspective et de symétrie. Le chapitre sur l'amitié, auquel s'applique cette métaphore des « grotesques », et où devait originellement s'insérer le *Discours de la servitude volontaire* de La Boétie, est situé à peu près au centre du livre I des *Essais*. Du reste, ce n'est pas un hasard si les chapitres liminaires des deux premiers livres, même s'ils n'ont pas la forme de préfaces, annoncent les thèmes clés des *Essais* : la diversité, la contradiction et l'inconstance. Enfin, le dernier chapitre du livre III, « De l'expérience », développe une forme de bilan, et reprend en écho la thématique du dernier chapitre des deux premiers livres, « De la ressemblance des enfants aux pères », la critique de la science empirique et en particulier de la science médicale, et il forme à son tour une manière de conclusion à l'ensemble du parcours des *Essais*. Ailleurs, on observe des enchaînements ménagés entre certains chapitres, avec parfois une transition explicite (39 et 40 du livre I; 16, 17 et 18 du livre II). Malgré ces effets de composition ponctuels, c'est bien l'ordre fortuit qui l'emporte.

Même s'il a pu en jouer, et très consciemment, l'effet esthétique de la diversité n'est sans doute pas l'essentiel dans le projet de Montaigne. Les enjeux épistémologiques sont ici plus importants encore. Si le livre présente un aspect aussi bigarré, c'est que le monde qu'il s'efforce de transcrire est lui-même traversé par la diversité.

UN MONDE INFINIMENT DIVERS

Montaigne reprend à la tradition philosophique et théologique l'idée que la Création est caractérisée par une prodigieuse variété[1]. Les espèces animales et végétales témoignent d'une richesse que la science humaine peine à embrasser. Les individus mêmes sont

1. Voir J. Céard, *La Nature et les prodiges. L'insolite au XVI*e *siècle*, p. 387-434.

tous différents. « Nature s'est obligée à ne rien faire autre, qui ne fût dissemblable » (III, 354/1065). Cette fabuleuse richesse est aussi un obstacle redoutable pour le jugement humain qui, pour connaître, doit généraliser, et s'appuyer sur des ressemblances toujours approximatives : « La multiplication de nos inventions n'arrivera pas à la variation des exemples » (III, 354/1066). L'existence des monstres est le signe que la logique de la Création divine excède absolument les facultés humaines, et produit des êtres qu'elle ne peut comprendre : « Ce que nous appelons monstres ne le sont pas à Dieu, qui voit en l'immensité de son ouvrage l'infinité des formes qu'il y a comprises » (II, 481/713). Il ne faut donc pas s'effrayer mais s'émerveiller des formes de vie que nous ne comprenons pas, en ce qu'elles manifestent l'infinie fertilité de la nature : « Les miracles [phénomènes insolites] sont selon l'ignorance en quoi nous sommes de la nature, non selon l'être de la nature » (I, 177/112).

Au-delà des créatures monstrueuses, Montaigne s'intéresse à l'infinie variété des sociétés humaines, et cherche à recenser les usages et les coutumes qui semblent incompréhensibles à ceux qui ne les partagent pas. Dans le chapitre « De la coutume », les exemples les plus étonnants illustrent la force de l'accoutumance, qui rend choquant tout ce qui est étranger : usages sociaux et politesse, mœurs sexuelles et matrimoniales, coutumes alimentaires... (I, 178/112). Dans le chapitre « Des cannibales » (I.31), Montaigne réfléchit, à partir des récits des voyageurs (Thevet ou Léry), aux enjeux philosophiques de la découverte de l'Amérique par les Européens, qui voient leurs horizons brusquement s'élargir. L'expérience des voyageurs se superpose à la tradition médiévale des « races monstrueuses », et le spectacle des sociétés indiennes prouve soudain que l'ordre social de l'Ancien Monde n'est pas le seul viable. Montaigne en tire d'abord une leçon de relativisme et de tolérance : « chacun appelle barbarie ce qui n'est pas de son usage » (I, 303/205). Mais il suggère aussi que les tribus indiennes du Brésil pourraient bien donner vie aux utopies les plus improbables de l'Antiquité. « C'est une nation, dirais-je à Platon, en laquelle il n'y a aucune espèce de trafic ; nulle connaissance de lettres ; nulle science de nombres ; nul nom de magistrat, ni de supériorité politique ; nuls usages de service, de richesse ou de pauvreté ; nuls contrats ; nulles successions ; nuls partages ; nulles occupations qu'oisives ; nul respect de parenté que commun ; nuls vêtements ; nulle agriculture ; nul métal ; nul usage de vin ou de blé » (I, 305/206). Ce tableau euphorique place Montaigne aux lointaines origines du mythe du « bon sauvage », qui s'épanouira au XVIIIe siècle. Le Nouveau Monde présente à l'Europe son reflet inversé, miroir où viennent aussi se refléter les rêves de l'Antiquité. Montaigne échappe pourtant à l'idéalisation, car les deux mondes qui se font face se rejoignent parfois par leurs dimensions les plus sanglantes et les plus sombres : ainsi l'anthropophagie, rite de vengeance institué chez les Tupis mais qui se rencontre aussi, plus sporadiquement mais plus sauvagement encore, dans la France des guerres de Religion.

Montaigne médite les enseignements de l'histoire et de la géographie, en parcourant l'infinie variété des modes de vie humains, dont le Nouveau Monde présente les exemples les plus extrêmes. Plutôt que de réduire la diversité en cherchant à la comprendre ou en la comparant à une norme, il se satisfait de l'enregistrer dans ses manifestations les plus extrêmes. Il « récite » la diversité du monde, sans avoir pour ambition de la juger ou de la réformer (« Je n'enseigne point, je raconte », III, 46/806).

LE VOYAGE, ÉCOLE DE LA DIVERSITÉ

À cette recension des tours les plus divers de « l'humaine capacité » (I, 170/105), l'expérience du voyage peut contribuer autant que celle de la lecture. Montaigne aime à souligner les vertus pédagogiques du voyage, exercice sceptique par excellence, où le point de vue varie indéfiniment entre différentes optiques, sans se figer dans un système de valeurs contraignant. « Je ne sache point meilleure école [...] à former la vie que de lui proposer incessamment la diversité de tant d'autres vies, fantaisies et usances, et lui faire goûter une si perpétuelle variété de formes de notre nature » (III, 244-245/973). L'exercice du jugement requiert qu'on lui présente quantité d'objets nouveaux, sur lesquels il puisse exercer sa sagacité : « le commerce des hommes y est merveilleusement propre, et la visite des pays étrangers [...] pour en rapporter principalement les humeurs de ces nations et leurs façons, et pour frotter et limer notre cervelle contre celle d'autrui » (I, 226/153).

Montaigne avait eu l'occasion de voyager en France au cours de sa jeunesse, pour aller étudier le droit, probablement à Toulouse ou peut-être à Paris. Il eut plus tard l'occasion de se rendre à la cour pour représenter le parlement de Bordeaux. Ces déplacements s'effectuaient à cheval, et non sans risque. Mais ce n'est qu'en 1580-1581 qu'il fait l'expérience du grand dépaysement, en parcourant la Lorraine, l'Allemagne, la Suisse et séjournant pour finir en Italie, visitant Trente, Vérone, Vicence, Padoue, Venise, Ferrare, Bologne, Sienne, Viterbe, Rome, Lorette, Pise... Entrepris en partie pour des motifs politiques ou diplomatiques, et comportant une série d'arrêts dans des villes thermales et des lieux de pèlerinage, ce voyage est l'occasion pour l'auteur des *Essais* de poursuivre son enquête sur la diversité des coutumes, et de multiplier les rencontres avec des gens de toute condition sociale, paysans, nobles, bourgeois, prélats ou prostituées. Montaigne s'intéresse aux rites religieux, discute avec des protestants et des jésuites, assiste à une circoncision juive, participe aux fêtes et aux pèlerinages catholiques; il visite les monuments antiques et modernes, admire les œuvres d'art des églises, les fontaines de Tivoli, la bibliothèque Vaticane, et rencontre l'élite savante et politique européenne[1].

1. Voir Dossier, p. 188-190.

Il confie à un secrétaire le soin de tenir un journal de ce voyage, puis prend lui-même la plume, en français et en italien. Les éditions ultérieures des *Essais* bénéficient de l'expérience du voyageur. Mais les deux textes restent indépendants : le *Journal* n'était pas destiné à la publication, et par ailleurs les *Essais* contiennent des anecdotes qui n'y figurent pas, comme par exemple la rencontre douloureuse du Tasse, poète de génie devenu fou, à Ferrare (II, 207/492). En voyageant, Montaigne fait l'expérience d'une liberté appréciable, quoique parfois contrainte par les impératifs de ses compagnons de voyage, et donne libre cours à son insatiable curiosité.

L'HOMME, MORCELÉ ET CHANGEANT

Si « le monde n'est que variété et dissemblance » (II, 24/339), l'homme, quant à lui, « n'est que rapiècement et bigarrure » (II, 437/675). L'un des thèmes récurrents des *Essais* est « l'inconstance de nos actions » (II.1), qui s'explique selon Montaigne par l'action de forces contradictoires et dont la résultante est toujours imprévisible. « Nous sommes tous de lopins et d'une contexture si informe et diverse, que chaque pièce, chaque moment, fait son jeu. Et se trouve autant de différence de nous à nous-mêmes que de nous à autrui » (II, 22/337). Selon que telle passion ou telle vertu l'emporte à tel ou tel instant, tel individu pourra sembler lâche ou héroïque, digne de vertu ou de blâme. Les vies des grands hommes telles qu'elles sont rapportées chez Plutarque, Tite-Live ou Diogène Laërce montrent que les plus grands ont aussi leurs faiblesses. Montaigne n'est pas le premier à mettre l'accent sur l'inconséquence humaine, mais chez lui la conscience de la diversité intérieure prend un tour extrêmement aigu, et surtout l'inconstance du monde contamine le discours et le jugement de celui qui l'enregistre. Le temps éparpille l'être et rend toute connaissance instable. Tel est au moins le constat extrême que l'on peut lire dans l'« Apologie de Raimond Sebond », formulé avant tout pour ruiner les prétentions dogmatiques des détracteurs du théologien catalan : « Finalement, il n'y a aucune constante existence, ni de notre être, ni de celui des objets. Et nous, et notre jugement, et toutes choses mortelles, vont coulant et roulant sans cesse. Ainsi il ne se peut établir rien de certain de l'un à l'autre, et le jugeant et le jugé étant en continuelle mutation et branle » (II, 348/601).

Montaigne éprouve en lui-même ces constantes altérations, qui touchent à la fois ses opinions et ses goûts. L'écriture de soi ne fait que les accentuer, en privilégiant tel ou tel aspect de sa personnalité selon les moments. « Je donne à mon âme tantôt un visage, tantôt un autre, selon le côté où je la couche. Si je parle diversement de moi, c'est que je me regarde diversement. Toutes les contrariétés s'y trouvent selon quelque tour et en quelque façon. Honteux, insolent ; chaste, luxurieux ; bavard, taciturne ; laborieux, délicat ; ingénieux, hébété ; chagrin, débonnaire ; menteur, véritable ; savant, ignorant, et libéral, et avare, et prodigue, tout cela, je le vois en moi aucunement, selon que je me vire ; et quiconque s'étudie bien attentivement trouve en soi, voire et en son jugement même, cette volubilité et discordance » (II, 20/335).

Loin de simplifier les lignes, la peinture de soi participe pleinement de la complexité de son modèle. Le temps devient une dimension indispensable pour que l'autoportrait remplisse ses fins. En s'écrivant au long des jours et des années, le livre enregistre les divers aspects d'une personnalité et les changements qui l'affectent. Lorsqu'il relit les passages les plus anciens de son livre, Montaigne s'aperçoit qu'il a changé. C'est à dessein qu'il laisse subsister les traces de son être antérieur, pour mieux s'apercevoir de ces mutations insensibles. Il note après 1588 : « Mes premières publications furent l'an mille cinq cent quatre vingt. [...] Moi à cette heure et moi tantôt, sommes bien deux, mais quand meilleur ? je n'en puis rien dire » (III, 233-234/964). Chez lui, l'introspection sert moins à se corriger et à s'amender qu'à saisir la différence qui se creuse entre soi et soi-même, au fil du temps.

On comprend mieux alors la curiosité que Montaigne manifeste pour les aspects les plus variés de la nature humaine : il y trouve le reflet éloigné des tendances les plus contradictoires de sa propre personnalité, voire l'incarnation de fantasmes irréalisables. Montaigne s'intéresse ainsi aux personnages fabuleux ou légendaires, qui illustrent les possibilités extrêmes de la nature humaine. L'âme héroïque de Caton d'Utique, qui se suicida par amour de la liberté, lui offre un exemple de grandeur qui lui restera à tout jamais étranger, mais qu'il admire en raison de son étrangeté même : « Je n'ai point cette erreur commune de juger d'un autre selon que je suis. J'en crois aisément des choses diverses à moi » (I, 332/229) ; « Ce personnage-là fut véritablement un patron que nature choisit pour montrer jusques où l'humaine vertu et fermeté pouvait atteindre » (I, 334-335/231). C'est pourquoi l'exploration de l'humaine diversité sollicite également la fantaisie et l'imaginaire. Montaigne ajoute aux ressources de l'introspection les richesses de l'histoire et de la fable[1]. « Aussi en l'étude que je traite de nos

1. Voir O. Guerrier, *« Quand les poètes feignent »*.

mœurs et mouvements, les témoignages fabuleux, pourvu qu'ils soient possibles, y servent comme les vrais. Advenu ou non advenu, à Paris ou à Rome, à Jean ou à Pierre, c'est toujours un tour de l'humaine capacité, duquel je suis utilement avisé par ce récit. Je le vois et en fais mon profit également en ombre que en corps » (I, 170/105). Il étend ainsi le domaine d'application de l'essai au monde du « possible », c'est-à-dire au monde de la fiction. L'homme se donne à connaître aussi bien par ses rêves que par ses actes.

UN LIVRE EN FORME DE MOSAÏQUE

À l'échelle des chapitres, Montaigne a choisi d'accentuer la « bigarrure » de son livre en incrustant dans son texte quantité de citations en vers ou en prose, en latin, en grec ou plus rarement en italien et en français. Qui reconnaîtrait seulement à ces passages une fonction d'ornement se condamnerait à n'y voir qu'un « amas de fleurs étrangères » (III, 342/1055), inessentiel ou parasite. Montaigne réfute cette interprétation. Le recours au texte d'autrui lui sert avant tout à engager un dialogue avec d'autres pensées et à faire entendre sa propre parole en retour. D'où le principe d'une alternance des voix qui est au cœur de l'écriture des *Essais* (« Je ne dis les autres, sinon pour d'autant plus me dire », I, 220/148), entre le discours des autres auteurs et la parole de Montaigne, qui leur répond, les approuve ou les désapprouve, critique ou prolonge leur réflexion.

Cette polyphonie donne au texte des *Essais* l'aspect d'une mosaïque où le texte de l'auteur annexe quantité de citations étrangères. Par exemple dans le chapitre « De l'oisiveté » (I.8), où Montaigne a inséré dans son texte, et parfois au milieu des phrases, des citations de poètes latins (Horace et Lucain) qui prolongent son propos et l'enrichissent. Dans l'édition de 1588, il a ajouté deux autres citations, empruntées à Virgile et à Martial. L'aspect composite de la page ainsi obtenue évoque le motif métapoétique de la « chimère », créature fabuleuse au corps de chèvre et à la tête de lion, invoquée à la fin du chapitre pour décrire l'aspect étrange des pensées de l'auteur, assimilées à des « monstres fantasques » (I, 82/33). Le mélange des vers et de la prose et des langues entre elles constitue un texte aux propriétés hybrides, qui fonctionne sur le modèle de la satire antique[1].

Les emprunts en prose sont encore plus nombreux, et ils ne sont pas tou-

1. Voir N. Dauvois, *Prose et poésie dans les* Essais *de Montaigne.*

jours visibles, en particulier si Montaigne traduit les passages empruntés en français. Il avoue que son livre est en grande partie « maçonné purement » des « dépouilles » de Sénèque et de Plutarque (II, 491/721). « Je ne compte pas mes emprunts, je les pèse » (II, 104/408). À cette pratique quasi clandestine de l'emprunt refondu, qui vient nourrir la réflexion de Montaigne, s'oppose celle de la citation en langue originale et en italique, qui vient pour ainsi dire exhiber le rapport central et complexe du texte des *Essais* à leur intertexte antique et moderne. En apparence, la présence massive de ces citations rattache Montaigne à la littérature savante de son temps. Mais il faut aussi noter combien sa pratique de la citation est atypique, en particulier par son refus de mentionner les références des textes empruntés. La pratique courante de la note en « manchette » (en marge) n'a pas cours chez lui : les auteurs auxquels il emprunte sont rarement nommés, et les titres de leur œuvres pratiquement jamais. Ce sont les éditeurs modernes, à partir de Marie de Gournay (pour l'édition de 1617), qui prendront l'initiative de référencer les citations en notes. La pratique de Montaigne avait sans doute pour but de ne pas encourir le reproche de pédantisme, en évitant d'exhiber de façon trop nette l'étendue de ses lectures. Il voulait aussi éviter que le prestige des « autorités » invoquées n'empêche le libre examen de leurs thèses. Ce faisant, il engageait un rapport ludique avec son lecteur, mis au défi de trouver la provenance d'une citation ou de reconnaître le style de son auteur. Cette pratique de la citation sera souvent imitée par les prosateurs du début du XVIIe siècle[1].

1. Voir A. Tarrête, « Entre mémoire et oubli : la citation chez trois lecteurs de Montaigne ».

La fonction argumentative de ces citations est variable : elles peuvent venir illustrer le propos, ou au contraire suggérer une thèse différente de celle qui venait d'être développée. Soit elles servent d'appoint dans une démonstration, soit elle suscitent elles-mêmes un commentaire. Dans tous les cas, c'est leur hétérogénéité comme telle qui intéresse Montaigne. Coupée de son contexte, la citation s'offre à toute une série de transformations possibles. Soit elle fait signe vers l'œuvre d'où elle est issue, et ouvre dans le texte de Montaigne comme une fenêtre vers un monde différent et hétérogène : c'est le cas éminent de la poésie, spirituelle et raffinée ou inspirée et sublime, qui vient illuminer ici et là la prose humble et familière des *Essais*. Soit elle devient malléable et se laisse annexer, se prêtant au nouveau sens que Montaigne veut lui donner. Il arrive ainsi que Montaigne détourne les mots qu'il emprunte de leur sens initial, pour leur faire dire autre chose (« les déguisant et déformant à nouveau service », III, 344/1056), selon une technique d'écriture analogue à celle du centon. Il arrive que pour finir la citation prenne un sens quasiment inverse à celui qui était le sien dans son contexte d'origine : ainsi les vers fameux de Lucrèce (« *Suave, mari magno...* »), qui évoquent le plaisir de se sentir en sécurité en observant de loin les tribulations de l'existence humaine, en viennent à exprimer la joie cruelle de voir souffrir autrui (III, 28/791), alors que chez Lucrèce les vers suivants dénonçaient par avance cette interprétation. Le détournement de sens prend ici une dimension particulièrement provocante.

Il arrive aussi que Montaigne, sans chercher à annexer la citation, ni à se confronter à elle, la laisse exister librement, comme la source d'une méditation possible : « mes allégations ne servent pas toujours simplement d'exemple, d'autorité ou d'ornement. Je ne les regarde pas seulement par l'usage que j'en tire. Elles portent souvent, hors de mon propos, la semence d'une matière plus riche et plus hardie » (I, 358/251). La citation excède alors le discours qui la porte, et elle ouvre sur d'autres textes, virtuels, encore à écrire.

Les rapports entre la citation et la

prose qui l'entoure sont extrêmement variables. Mais leur abondance signale qu'elles sont essentielles au projet des *Essais*. L'émergence de la subjectivité de l'écrivain est rendue possible dans ce face-à-face avec les pièces éparses et souvent discordantes de l'héritage culturel et savant recueilli dans la bibliothèque.

L'ÉCRITURE DIGRESSIVE

Loin de s'astreindre à l'unité d'un propos, les chapitres des *Essais* semblent fréquemment construits comme une succession de digressions autour d'un thème principal qui n'est parfois qu'un prétexte. Les premiers lecteurs de Montaigne (Pasquier, Guez de Balzac) se sont récriés devant ce désordre[1]. Pourtant Montaigne avait pris soin de réfuter par avance ce type de reproche. Tout en reconnaissant qu'il semble souvent s'éloigner de son fil directeur, il proteste que ses digressions entretiennent entre elles des rapports discrets mais nécessaires : « Je m'égare, mais plutôt par licence que par mégarde. Mes fantaisies se suivent, mais parfois c'est de loin, et se regardent, mais d'une vue oblique [...]. C'est l'indiligent lecteur qui perd mon sujet, non pas moi » (III, 270/994). Ce plaidoyer

1. Voir Dossier, p. 192 et 195.

n'est pas absolument irrecevable, car les digressions ne sont jamais gratuites. Elles ont toujours rapport au sujet, même si elles interrompent le développement linéaire du chapitre.

Ainsi, dans « Des cannibales » (I.31), une première anecdote, empruntée à l'histoire antique, met en place le fil directeur : la notion de barbarie, sur laquelle on s'interrogera ensuite. Puis Montaigne introduit, par divers témoignages, contemporains et antiques, la question du Nouveau Monde. Une première digression apparaît alors : une considération sur le mouvement des sables charriés par la Dordogne. En apparence sans rapport, cette considération développe en fait l'image d'un monde en mouvement, aux contours perpétuellement redessinés, comme les continents de la mappemonde. Une seconde parenthèse s'ouvre alors, qui traite du problème de la valeur des témoignages en géographie, qu'il s'agisse de ceux des voyageurs ou des discours des savants[1]. Montaigne souligne qu'il met fin à ces digressions pour revenir au fil directeur : « Or je trouve, pour revenir à mon propos, qu'il n'y a rien de barbare et de sauvage en cette nation [...] sinon que chacun appelle barbarie ce qui n'est pas de son usage » (I, 303/205).

---

1. Voir Fr. Lestringant, *Le Brésil de Montaigne*, introduction.

Les digressions qui s'insèrent dans le mouvement argumentatif sont en fait étroitement reliées au sujet en débat. Mais Montaigne choisit de ne pas les articuler de façon logique, et de les juxtaposer, sans transition, leur donnant par là l'apparence de digressions. « J'entends que la matière se distingue soi-même. Elle montre assez où elle se change, où elle conclut, où elle commence, où elle se reprend, sans l'entrelacer de paroles de liaison et de couture introduites pour le service des oreilles faibles ou nonchalantes » (III, 271/995).

Montaigne prétend ironiquement agir ainsi pour forcer le lecteur à lui prêter toute son attention. Cette « embrouillure » volontaire force en effet le lecteur à adopter un rôle actif dans l'élaboration du sens. Placé devant une disparité qu'il lui faut réduire ou devant deux développements en apparence sans rapport, le lecteur doit produire lui-même une interprétation (qui recoupera ou non celle de l'auteur...) pour donner un sens au texte. C'est aussi cela qu'exprime le motif de la « marqueterie mal jointe » (III, 233/964) : le texte des *Essais* est hétérogène, et l'ajustement des pièces est imparfait, laissant subsister un hiatus entre les pièces rapprochées, afin de mettre en lumière la dimension problématique de leur coexistence.

Les derniers chapitres du livre poussent très loin la licence en matière de digressions. Le chapitre « Des coches » (III.6), par exemple, est construit de façon particulièrement provocante. Le titre annonce en effet le fil directeur du chapitre (la diversité des attelages et des embarcations) mais il ne constitue pas le thème véritable. Montaigne a expliqué ailleurs la façon dont il choisit ses titres, comme des surnoms plutôt, fondé sur un détail accessoire et non sur le sujet principal (« Les noms de mes chapitres n'en embrassent pas toujours la matière ; souvent ils la dénotent seulement par quelque marque », III, 270/994). « Des coches » tourne en fait autour de deux thèmes principaux, fortement contrastés : la magnificence, et la chute des empires (en particulier les royaumes aztèque et inca, victimes des conquérants espagnols). Quel rapport alors avec le titre, qui désigne finalement une digression plutôt que le sujet fondamental ? L'unité du chapitre est en fait celle d'un sentiment, un vertige et un malaise semblable au mal de mer que Montaigne éprouve dans un « coche », et qu'il éprouve encore, cette fois par métaphore, en contemplant le mouvement de l'histoire et la chute des empires les plus florissants de l'Ancien et du Nouveau Monde[1].

1. Voir A. Tournon, *Essais de Montaigne. Livre III*, p. 67.

Au fil des années, Montaigne a encore aggravé la dynamique centrifuge de son livre. Les ajouts ont introduit de nouvelles digressions, greffant des remarques ou des citations sur un texte qui comportait déjà de nombreuses parenthèses. Montaigne a souligné que la dislocation de son texte était pour une part le fruit de cette formation par sédimentations successives : « Ce fagotage de tant de diverses pièces [...] s'est bâti à diverses poses et intervalles » (II, 536/758). De plus, en allongeant ses chapitres, Montaigne a aussi davantage « embrouillé » leur mouvement, et complexifié leur orchestration. Est-ce, comme il le dit, pour obliger le lecteur à prendre du temps pour le lire avec attention (III, 271/995) ? Il avance également une seconde justification, plus problématique, mais sans doute plus véritable : « à l'aventure ai-je quelque obligation particulière à ne dire qu'à demi, à dire confusément, à dire discordamment » (III, 271/996). Que recouvre cette « obligation », sur laquelle la critique s'interroge souvent ? Peut-être la nécessité de prendre en charge, dans son livre, sa propre complexité. La peinture d'une subjectivité mouvante et contradictoire engendre nécessairement une œuvre complexe, dont la cohérence ne peut être de l'ordre d'un discours linéaire et entièrement explicite : « Je n'ai rien à dire de moi, entièrement, simplement, et solidement, sans confusion et sans mélange, ni en un mot » (II, 20/335).

L'esthétique de la diversité qui gouverne les *Essais* reflète ainsi la complexité du monde intellectuel de la Renaissance, marqué par l'accumulation parfois hétéroclite de savoirs disparates et souvent contradictoires. Cette complexité contribue à troubler le rapport de la conscience à elle-même. Dans ce monde en crise, Montaigne ne cherche nullement à introduire un ordre factice. Il préfère mettre son livre au diapason du désordre environnant, et trouver un style qui s'accorde aux ressources de ce monde fertile en rencontres imprévues.

IV STYLE, PENSÉE, MOUVEMENT

Montaigne ne voulait pas être considéré comme un virtuose de la forme : « quand j'ois quelqu'un qui s'arrête au langage des *Essais* [...] j'aimerais mieux qu'il s'en tût. Ce n'est pas tant élever les mots, comme c'est déprimer le sens » (I, 357/251). Le style ne doit pas « arrêter » la lecture et la réflexion. Malgré ce parti pris du « sens » contre les « mots », le style de Montaigne est inimitable et reconnaissable entre mille ; un siècle plus tard, La Bruyère en proposera un pastiche ironique mais respectueux[1]. Il reflète la personnalité de son auteur et permet de contribuer à son portrait.

1. Voir Dossier, p. 208.

STYLE ET PERSONNALITÉ

Dans les poétiques de la Renaissance, le style est le produit de l'imitation des grands modèles mais il permet aussi l'affirmation de la singularité de l'écrivain. C'est au contact des plus grands auteurs que les prosateurs néolatins, en particulier, élaborent peu à peu un style qui convient à leurs ambitions et à leur personnalité. Montaigne est probablement le premier à dire si nettement son désir de trouver une manière d'écrire qui reflète fidèlement son caractère, avec ses défauts et ses qualités, sans aucune idéalisation formelle. Il affirme ne rechercher ni l'éloquence ni la beauté, car ces qualités impersonnelles l'éloigneraient de son unique dessein : se peindre en toute fidélité.

Le style revendiqué par Montaigne est donc un style qui lui est propre, et qui a incorporé les qualités de son tempérament. Il le décrit ainsi : « C'est aux paroles à servir et à suivre, et que le Gascon y arrive, si le Français n'y peut aller ! Je veux que les choses surmontent et qu'elles remplissent de façon l'imagination de celui qui écoute, qu'il n'ait aucune souvenance des mots. Le parler que j'aime, c'est un parler simple et naïf, tel sur le papier qu'à la bouche ; un parler succulent et nerveux, court et serré, non tant délicat et peigné comme véhément et brusque [...], plutôt difficile qu'ennuyeux, éloigné d'affectation, déréglé, décousu et hardi : chaque lopin y fasse son corps ; non pédantesque, non fratesque, non plaideresque, mais plutôt soldatesque, comme Suétone appelle celui de Jules César [...]. J'ai volontiers imité cette débauche qui se voit en notre jeunesse, au port de leurs vêtements : un manteau en écharpe, la cape sur une épaule, un bas mal tendu, qui représente une fierté dédaigneuse de ces parements étrangers et nonchalante de l'art. Mais je la trouve encore mieux employée en la forme du parler. Toute affectation, nommément en la gaieté et liberté française, est mésadvenante au courtisan » (I, 249/171).

Tout est dit, dans ce passage très riche. D'abord, l'analogie ou, mieux, l'identité constamment affirmée entre la parole et l'écriture : « tel sur le papier qu'à la bouche ». Le style le meilleur est celui qui reflète spontanément les mouvements de l'âme, sans révision, sans mise en forme : un style « simple et naïf [naturel] ». Montaigne emploie pour désigner ce que nous appelons le style le mot « parler », que ce soit pour lui-même ou pour les auteurs qu'il affectionne. Car dans les livres il trouve un interlocuteur, une présence vive, une parole. Vient ensuite la question de la langue : Montaigne a choisi d'écrire en français, à une époque où le latin reste la langue savante de l'Europe. Langage « plus ferme » (III, 255/982), le latin est la langue des hautes ambitions littéraires ou philosophiques. La modestie des *Essais* s'accommodera donc de la langue vernaculaire. Celle-ci est encore très mobile et fluctuante au XVIe siècle, et reste poreuse aux langues régionales comme le gascon, que Montaigne entend lorsqu'il descend vers le sud. Sans chercher à épurer la langue des *Essais*, il accueille toutes les expressions qui lui viennent en tête lorsqu'il écrit, même si, au total, son livre est assez pauvre en régionalismes. En définitive, le caractère « gascon » est chez lui davantage de l'ordre de la véhémence et de la gestuelle. En tout cas, en revendiquant ici cet adjectif pour décrire son style, il veut marquer son attachement à ses racines provinciales. Au siècle suivant, ce trait lui sera souvent reproché[1].

1. Voir Dossier, p. 195.

Autre idée ici mise en avant : le primat des « choses » sur les « mots », lieu commun des rhétoriques de l'époque, ici adapté au style des *Essais* : la matière, les idées, les récits sont plus importants que les formules et les figures. D'où le désir d'un style « succulent », c'est-à-dire plein de « suc » (nourrissant), et « serré » (dense). Autre caractéristique notable : la force. Pas de phrase creuse, pas de période trop longue, pour ne pas diluer la pensée, mais un style « court », « nerveux » (musclé), « brusque ». Pas d'élégance inutile, pas d'« affectation » (à l'opposé d'un style « délicat et peigné », ornementé et coquet). La brièveté fait pourtant courir un danger, celui de l'obscurité, que Montaigne assume en invitant son lecteur à un certain travail d'interprétation pour élucider un texte parfois « difficile » : mais le lecteur attentif y trouvera une source de plaisir intellectuel que ne lui donnerait pas un texte « ennuyeux » à force d'être limpide. Montaigne se réclame d'un style coupé, à l'instar de Sénèque, un style « décousu », où chaque phrase fonctionne de façon autonome, juxtaposée à la précédente plutôt que subordonnée : « chaque lopin y fasse son corps », c'est-à-dire « que chaque pièce y forme un tout ».

Ce morcellement du sens, propre à l'esthétique de la bigarrure, s'oppose au style de Cicéron, que Montaigne trouve fade et ennuyeux, parce que le sens s'y dilue dans d'amples périodes, à l'articulation syntaxique complexe. Ce style déprécié est plus généralement celui des orateurs, qu'ils soient prédicateurs (adeptes d'un style « fratesque », de « frère » ou de moine) ou avocats (pratiquant le style « plaideresque », celui des plaideurs). Montaigne, lui, voudrait écrire comme un guerrier (d'un style « soldatesque » ou, mieux, comme un général : Jules César, qui a écrit lui aussi l'histoire de sa vie, dans un style précis, neutre, vigoureux. L'idéologie nobiliaire de Montaigne s'exprime à travers cette préférence pour un style qui soit propre à marquer son appartenance à la noblesse d'épée plutôt qu'aux milieux robins. À la même époque, un grand capitaine comme Monluc se réclame du style de César pour écrire ses *Mémoires.* Enfin, Montaigne revendique une certaine « nonchalance », qui renvoie à la désinvolture aristocratique du « courtisan » (tel qu'il est décrit par Castiglione, au début du XVIe siècle) et qu'il ne faudrait pas confondre avec la négligence ou l'inélégance. Cette « fierté dédaigneuse » de toute contrainte, « nonchalante de l'art » et de ses conventions trop rigides, gaie et libre, s'observait dans la mode de son temps ; Montaigne a voulu la transposer dans sa manière d'écrire.

L'auteur des *Essais* a décrit son propre style avec une précision inégalable. Les enjeux sont ici plutôt éthiques qu'esthétiques[1], car le style ainsi conçu n'est pas de l'ordre de la forme ou de la beauté : il est un outil pour exprimer sans fard, en toute « naïveté », le tempérament de celui qui écrit, ses mœurs, son *éthos.* Il est aussi le lien fiable, vérace, qui unit l'écrivain au lecteur, suivant un contrat passé dès l'avertissement : « C'est ici un livre de bonne foi, lecteur » (I, 49/3). Le style de Montaigne révèle l'homme sans le travestir, exprime la pensée sans la dissimuler.

1. Voir B. Méniel, « La notion de *parler* chez Montaigne ».

MODÈLES ET ANTIMODÈLES

Même si Montaigne cherche avant tout à exprimer sa singularité, dans un style qui n'appartient qu'à lui, il ne peut manquer de se confronter aux grands prosateurs antiques, que ce soit pour les admirer ou les rejeter. Certains font figure de modèles, comme Sénèque, Plutarque (traduit par Amyot), Tacite, Salluste ou César ; d'autres au contraire servent de repoussoirs, comme Pline le Jeune ou Cicéron.

Sénèque, avec Plutarque, est en effet l'auteur dont Montaigne se sent le plus proche. Le premier possède ce style énergique, brusque, véhément, qu'il cherche à imiter. Le style du second est plus calme, mais aussi plus dense et plus riche de matière : « Sénèque est plein de pointes et de saillies ; Plutarque, de choses. Celui-là vous échauffe plus et vous émeut ; celui-ci vous contente davantage et vous paie mieux. Il nous guide, l'autre nous pousse » (II, 111/413). Montaigne cherche à combiner ces deux modèles, pour en extraire les qualités qu'il veut cultiver dans son propre style.

Chez Tacite, il trouve une forme de synthèse de ces deux paradigmes : l'historien pratique un style coupé et riche en sentences, comme celui de

Sénèque ; mais ce style est nourrissant et donne à méditer, comme celui de Plutarque. Les mots que Montaigne utilise pour évoquer Tacite sont d'ailleurs très similaires à ceux qu'Étienne Pasquier utilisera à son tour pour louer les *Essais*[1] : « [Tacite] est si plein de sentences qu'il y en a à tort et à droit : c'est une pépinière de discours éthiques et politiques [...] Il plaide toujours par raisons solides et vigoureuses, d'une façon pointue et subtile, suivant le style affecté du siècle [...]. Il ne retire pas mal à l'écrire de Sénèque ; il me semble plus charnu, Sénèque plus aigu » (III, 208/941). D'autres écrivains, comme Salluste ou César — qu'il admire en raison de ses éminentes qualités d'homme d'action, mais aussi pour la « pureté et inimitable polissure de son langage » (II, 115/416) —, servent de modèles pour les passages narratifs des *Essais.*

1. Voir Dossier, p. 192.

En face de ces grands modèles que Montaigne s'efforce de suivre avec détachement et humilité se dresse Cicéron, dont l'éloquence emphatique et le style périodique font figures de repoussoirs. Comparant les lettres de Sénèque et Épicure à celles de Pline et Cicéron, Montaigne accuse le contraste à plaisir : les premiers écrivent en philosophes, pour chercher la sagesse et guider vers elle leurs contemporains, tandis que les seconds ne sont préoccupés que de leur propre gloire, et arrondissent en esthètes leurs périodes magnifiques mais creuses. Les lettres de Cicéron, comme ses discours, sont « vides et décharnées », elles « ne se soutiennent que par un délicat choix de mots, entassés et rangés à une juste cadence », elles apprennent « à bien dire », non « à bien faire » (I, 358/252).

En critiquant de manière violente le style cicéronien, Montaigne prend position dans un débat déjà ancien sur le meilleur style en prose[1]. À la suite d'Érasme, il critique l'idée que Cicéron soit devenu le parangon de la prose oratoire latine puis vernaculaire. Comme d'autres écrivains de son époque, par exemple Juste Lipse en Flandres, il prend ses distances avec Cicéron, qui servait encore de base à l'imitation scolaire, pour valoriser d'autres modèles comme Sénèque et Tacite[2]. Cette position polémique ne touche d'ailleurs que le style, et surtout celui des discours et des lettres, car Montaigne lit de près les grands dialogues philosophiques de Cicéron, et les utilise jusqu'à la fin de sa vie. Mais il garde jusqu'au bout une défiance marquée contre la période cicéronienne ; dans les marges de l'exemplaire de Bordeaux, il segmente encore plus les phrases, en ajoutant points et majuscules, pour plier son texte aux élans et aux arrêts de la pensée en

1. Voir M. Magnien, « Un écho de la querelle cicéronienne... ».

2. Voir M. Fumaroli, « Les *Essais* de Montaigne : l'éloquence du for intérieur ».

1. Cette segmentation est restituée dans l'édition d'A. Tournon, *Essais*, Imprimerie nationale, 1998.

travail[1]. La logique de la période oratoire, qui vise à imposer un sens préétabli et à emporter graduellement la conviction, n'est pas celle des *Essais*, qui visent davantage à proposer une réflexion en cours, qu'il revient au lecteur d'achever pour son propre compte.

Le style coupé a aussi ses dangers : à force de vouloir éviter les artifices de l'éloquence cicéronienne, on risque de retomber dans une autre affectation, celle d'une brièveté excessive, obscure à force d'être allusive. Montaigne le sait, il a un style tendu, parfois abrupt, et il est conscient de ses risques : « mon langage n'a rien de facile et poli : il est âpre et dédaigneux, ayant ses dispositions libres et déréglées ; et me plaît ainsi [...]. Mais je sens bien que parfois je m'y laisse trop aller, et qu'à force de vouloir éviter l'art et l'affectation, j'y retombe d'une autre part : *brevis esse laboro, Obscurus fio* [« je travaille à être bref, et je deviens obscur », citation d'Horace, *Art poétique*, 25] » (II, 395/638). Le style coupé, qui exprime les préférences de Montaigne et donc son naturel, menace à tout moment de retomber dans l'artifice. Il n'est jamais simple d'être naturel...

L'un des modèles stylistiques auxquels Montaigne tient le plus n'est pas littéraire : il s'agit de la conversation amicale, où il puise cet « art de conférer » (III.8) qu'il prend pour règle aussi bien à l'écrit qu'à l'oral[1]. Les qualités que Montaigne trouve dans le style familier de la conversation sont multiples : c'est un style souple en apparence, ouvert aux incises de toute nature, mais régi en profondeur par un ordre rigoureux, animé par le plaisir de la contradiction, par les jeux de l'esprit et l'ironie. C'est aux « devis pointus et coupés que l'allégresse introduit entre les amis » (III, 205/938) que l'essai emprunte son tempo fondamental.

1. Voir M. Fumaroli, « Les *Essais* de Montaigne : l'éloquence du for intérieur ».

L'impression d'oralité que le lecteur retire des *Essais* tient à l'emploi d'un certain nombre de procédés stylistiques. On pense d'abord aux marques du dialogue direct que Montaigne établit parfois avec son lecteur, n'hésitant pas à l'interpeller comme s'il conversait avec lui : « Laisse, lecteur, courir encore ce coup d'essai » (III, 233/963) ; « Vous en plaît-il un exemple ? » (III, 384/1090)... De telles adresses relancent l'attention, et créent l'illusion d'un dialogue qui s'ébauche. Il arrive aussi que Montaigne s'apostrophe lui-même, prenant implicitement le lecteur à témoin : « Combien souvent, et sottement à l'aventure, ai-je étendu mon livre à parler de soi ? » (III, 358/1069). Ailleurs, il feint de lui prêter la parole, en un jeu ironique qui lui permet de répondre plaisamment aux critiques qui portent sur son goût pour les voyages : « Avez-vous pas des passe-temps plus aisés ? De quoi avez-vous faute ?... » (III, 261/987). Plus généralement, Montaigne intègre volontiers le lecteur dans l'argumentation qu'il développe en employant la première personne du pluriel, comme pour proposer une généralisation de son propos. Un exemple, entre mille : « Peu de chose nous divertit et détourne, car peu de chose nous tient » (III, 81/836). Le lecteur est ainsi convié à évaluer cette affirmation à l'aune de sa propre expérience.

Les conditions concrètes de l'élaboration du texte, qui suppose souvent la médiation d'un secrétaire copiant sous la dictée (III, 71/828), expliquent pour une part la tonalité parlée du style de Montaigne. Mais l'oralité est aussi et surtout un *effet* soigneusement concerté. Certaines figures participent pleinement à cette imitation de la parole vive : ainsi l'hyperbate, pour laquelle Montaigne éprouve une particulière prédilection[1]. Il s'agit d'un ajout inattendu qui vient soudainement préciser, corriger ou relancer la pensée ; la phrase donne alors l'im-

1. Voir Fr. Charpentier, « L'hyperbate : une maîtresse forme du troisième allongeail ».

pression d'avoir été écrite au fil de la plume, en épousant le mouvement spontané de la pensée. En voici deux exemples[1] : « Ô que c'est un doux et mol chevet, *et sain*, que l'ignorance et l'incuriosité, à reposer une tête bien faite ! » (III, 364/1073) : ici l'adjectif « sain », au lieu d'être intégré dans l'énumération qui précède, s'ajoute ensuite, comme si l'écrivain ne pouvait pas revenir en arrière pour se corriger. De même : « je me fis, par art, amoureux, *et par étude*, à quoi l'âge m'aidait » (III, 81/835) ; les mots « et par étude » renforcent « par art », et semblent ajoutés au dernier moment. Il arrive de plus que l'écrivain semble se reprendre pour se corriger, et rectifier une expression, mais sans effacer la première. Ainsi en parlant de l'alliance de la grandeur et de l'humilité chez Socrate : il « se monta, non par saillies, mais par complexion, au dernier point de vigueur. *Ou, pour mieux dire*, il ne monta rien, mais ravala plutôt et ramena à son point originel et naturel [...] » (III, 320/1037).

1. Dans cette citation comme dans les suivantes, les italiques sont ajoutés.

L'ordre des mots, dans le langage parlé, est plus souple que dans la langue écrite. En s'inspirant de tournures orales, Montaigne adopte fréquemment un ordre inattendu. Ainsi, pour rebondir sur un sujet qui l'intéresse : « *Sur ce sujet de lettres*, je veux dire ce mot, que c'est un ouvrage auquel mes amis tiennent que je puis quelque chose » (I, 359/252). Ce type d'antéposition lui permet de mettre l'accent sur un terme important ou affectivement chargé : « Nous devons la sujétion et l'obéissance également à tous rois, car elle regarde leur office ; *mais l'estimation, non plus que l'affection*, nous ne la devons qu'à leur vertu » (I, 63/16). Les termes placés en tête (« estimation », « affection ») sont mis en valeur par leur position, comme ils le seraient, dans la prononciation orale, par un accent d'intensité. De même dans cet autre exemple : « *La plus sotte contenance* d'un gentilhomme en sa maison, c'est de le voir empêché du train de sa police, parler à l'oreille d'un valet, en menacer un autre des yeux » (III, 222/954). À nouveau, les éléments affectifs, qui expriment un jugement de valeur (« la plus sotte »), sont antéposés, et les éléments informatifs sont donnés ensuite. De telles dislocations sont fréquentes dans la langue parlée[1].

Le style oral, par son relâchement, permet à l'écrivain de s'adresser au lecteur sans apprêt et sans cérémonies inutiles : « Je parle au papier comme je parle au premier que je rencontre » (III, 27/790). Tout comme l'orateur qui veut produire un effet d'improvisation pour mieux capter l'attention et convaincre de sa sincérité, l'auteur des *Essais* donne l'impression qu'il

1. Voir V. D. Le Flanchec, *Essais de Montaigne. Livre III*, p. 271.

exprime sa pensée telle qu'elle vient à l'esprit : « mon dessein est de représenter en parlant une profonde nonchalance et des mouvements fortuits et imprémédités, comme naissant des occasions présentes » (III, 232/963). On rejoint ici l'art des orateurs, qui jouent eux aussi de l'improvisation[1].

1. Voir D. Ménager, « Improvisation et mémoire dans les *Essais* ».

ÉPOUSER LE MOUVEMENT DE LA PENSÉE

Le style de Montaigne vise à refléter avec fidélité la dynamique de sa pensée, toujours en recherche. Il refuse de céder aux impératifs de l'élégance ou de réécrire différemment ce qu'il a d'abord pensé : « Je veux qu'on voie mon pas naturel et ordinaire, ainsi détraqué qu'il est » (II, 105/409). Pour une part, la difficulté de son style tient à ce parti pris : représenter le mouvement de la réflexion en train de se faire, plutôt que d'en communiquer les résultats. Les variations de rythme qui animent sa prose correspondent aux différentes opérations de la pensée : « Il semble que ce soit plus le propre de l'esprit d'avoir son opération prompte et soudaine, et plus le propre du jugement de l'avoir lente et posée » (I, 90/39). L'exercice du jugement requiert une certaine concentration, et une tension que viennent par moments alléger des traits d'ironie.

Floyd Gray a souligné « l'extraordinaire lenteur » de la phrase de Montaigne, comparable en difficulté à celle de Mallarmé ou à celle de Proust[1]. Cette phrase accumule tous les arguments ou tous les attendus nécessaires pour que l'esprit rende à la fin son jugement. Voici par exemple l'éloge du connétable de Montmorency, qui prend la forme à la fois d'un parallèle (avec le duc d'Albe) et d'un récit (celui des circonstances de sa mort, qui lui donnent pour finir l'avantage) : « Les vies du duc d'Albe dernier mort et de notre connétable de Montmorency ont été des vies nobles et qui ont eu plusieurs rares ressemblances de fortune; mais la beauté et la gloire de la mort de celui-ci, à la vue de Paris et de son Roi, pour leur service, contre ses plus proches, à la tête d'une armée victorieuse par sa conduite, et d'un coup de main, en si extrême vieillesse, me semble mériter qu'on la loge entre les remarquables événements de mon temps » (II, 422-423/661). La difficulté de cette phrase vient d'une part de sa densité, puisqu'elle accumule la matière d'un récit entier, et d'autre part du rejet du verbe principal en fin de phrase, qui oblige le lecteur à prendre connaissance de toutes les pièces du dossier avant d'aboutir au verdict final.

1. Voir F. Gray, *Le Style de Montaigne*, p. 71.

Dans les passages narratifs, Montaigne pratique aussi ce genre de phrases longues, chargées de plusieurs événements, voire de plusieurs temporalités qui se télescopent. Voici par exemple une anecdote historique, dans laquelle un prince donne un exemple de clémence : « Edouard, prince de Galles, celui qui régenta si longtemps notre Guyenne, personnage duquel les conditions et la fortune ont beaucoup de notables parties de grandeur, ayant été bien fort offensé par les Limousins, et prenant leur ville par force, ne put être arrêté par les cris du peuple et des femmes et enfants abandonnés à la boucherie, lui criant merci, et se jetant à ses pieds, jusqu'à ce que passant toujours outre dans la ville, il aperçut trois gentilshommes français, qui d'une hardiesse incroyable soutenaient seuls l'effort de son armée victorieuse » (I, 53/7). La phrase progresse lentement, ralentie par de multiples incidentes, appositions et participiales, et elle accumule une à une toutes les étapes du récit entier, jusqu'au face-à-face final entre le conquérant victorieux et trois combattants héroïques. Une phrase plus brève formule alors un dénouement inattendu : « et commença par ces trois, à faire miséricorde à tous les autres habitants de la ville » (*ibid.*). L'ensemble du récit est ainsi concentré en deux phrases seulement.

Au reste, les récits qui échappent à cette concision sont immanquablement interrompus par des digressions. Montaigne, sur ce point encore, s'analyse avec lucidité : « il n'est rien si contraire à mon style qu'une narration étendue : je me recoupe si souvent à faute d'haleine, je n'ai ni composition, ni explication qui vaille » (I, 171/106).

Prenons par exemple l'anecdote dramatique de la fin du chapitre « De la physionomie » (III, 348/1060) : Montaigne y raconte comment un voisin, escorté d'hommes en armes, a tenté de lui prendre son château par surprise. Croyant lui rendre service, le maître des lieux lui offre un refuge dans sa cour. L'homme est peu à peu rejoint par ses soldats. Se sentant trop tard menacé, Montaigne ne peut plus reculer et doit s'efforcer de leur faire bon accueil. Au moment le plus crucial de son récit, alors que l'affrontement semble imminent, l'écrivain interrompt sa narration par une parenthèse d'auto-analyse (« Aussi à la vérité, je suis peu défiant et soupçonneux de ma nature... »). Il s'interroge alors longuement sur sa prédisposition déraisonnable à faire confiance à autrui, et à se fier à la Fortune en toutes circonstances, en laissant en suspens la fin de l'anecdote interrompue. Est-ce par goût de la digression, ou par nécessité impérieuse de poursuivre une interrogation qui s'est présentée chemin faisant, ou encore par stratégie rhétorique, pour augmenter l'attente du dénouement ? Montaigne démontre en tout cas qu'il lui est impossible de s'en tenir à une narration linéaire et continue.

À l'échelle du récit comme à l'échelle de la phrase, l'auteur des *Essais* a cultivé un style aux incidentes et aux digressions multiples, au prix d'une certaine difficulté. Car il avait conscience des ressources de ce style qui lui permettait d'augmenter la densité de sa « matière » : « nul écrivain l'a semée ni guère plus matérielle ni au moins plus drue en son papier. Pour en ranger davantage, je n'en entasse que les têtes » (I, 357/251). À la densité s'ajoute l'« embrouillure » volontaire de la phrase, qui doit forcer le lecteur à une attention soutenue (III, 271/995). D'où cette phrase « à compartiments, à parenthèses[1] », qui donne au style de Montaigne sa pesanteur particulière, dans le raisonnement comme dans le récit.

1. *Ibid.*, p. 25.

LE GOÛT DES IMAGES

Si Montaigne ne recherche pas les ornements du style pour eux-mêmes, il manifeste néanmoins un intérêt marqué pour les tournures imagées. Celles-ci lui viennent souvent des auteurs latins et de Sénèque en particulier : les images du corps, de la digestion, de la teinture, du vêtement, du fard et du masque, les images végétales de croissance, l'opposition entre la moelle et l'écorce... Ces métaphores et d'autres encore permettent de donner une expression concrète à des notions abstraites. En voici quelques exemples. Montaigne emploie volontiers l'image classique du monde comme théâtre : « Il faut jouer dûment notre rôle, mais comme rôle d'un personnage emprunté. Du masque et de l'apparence il n'en faut pas faire une essence réelle, ni de l'étranger le propre. Nous ne savons pas distinguer la peau de la chemise. C'est assez de s'enfariner le visage, sans s'enfariner la poitrine » (III, 289/1011). On voit ici comment les expressions imagées (le masque, la peau, la chemise, la farine) viennent redoubler les notions abstraites et leur donnent une force incisive.

De même, lorsque Montaigne invoque le détachement nécessaire à celui qui veut remplir un rôle politique, il emploie des images corporelles pour exprimer l'emprise très sensible des tâches assumées : « Si quelquefois on m'a poussé au maniement d'affaires étrangères, j'ai promis de les prendre en main, non pas au poumon et au foie; de m'en charger, non de les incorporer; de m'en soigner [soucier] oui, de m'en passionner nullement » (III, 280/1004). Sur une expression courante (« prendre en main »), Montaigne greffe de nouveaux objets qui donnent au verbe un sens quasi médical (« prendre au poumon et au foie »), qui exprime de manière imagée l'idée reprise ensuite sous une forme plus analytique (« de m'en soigner oui, de m'en passionner nullement »).

Les métaphores végétales sont fréquemment mises à contribution dans les *Essais.* Ainsi : « la cérémonie [les convenances] nous emporte, et [nous] laissons la substance des choses ; nous nous tenons aux branches et abandonnons le tronc et le corps » (II, 387/632). L'opposition entre l'extériorité et l'intériorité est par là concrètement traduite.

Comme l'observait déjà Sainte-Beuve[1], la plupart des images de Montaigne ne sont pas développées pour elles-mêmes : elles suivent le mouvement rapide de la pensée. Allusives, condensées, elles jaillissent pour donner plus de force et de concret à l'idée : « les hommes ne s'enflent que de vent, et se manient à bonds, comme les ballons » (III, 320/1037). Les images chez Montaigne sont un élément clé de la dynamique du style. Elles s'enchaînent, tirées de champs sémantiques différents ; pour évoquer le fruit qu'il faut tirer de la lecture d'une œuvre de philosophie, Montaigne écrit : « On peut s'arrêter à l'écorce, mais c'est après qu'on en a retiré la moelle ; comme, après avoir avalé le bon vin d'une belle coupe, nous en considé-

1. Voir Dossier, p. 226-227.

rons les gravures et l'ouvrage » (III, 264/989). Il multiplie les sentences autour d'une même idée, en variant l'expression, et en passant d'une métaphore végétale à une comparaison empruntée à l'orfèvrerie.

Il faut enfin souligner que l'image fait souvent bon ménage avec l'humour, comme lorsque Montaigne, évoquant ses difficultés de lecteur face aux commentaires d'Aristote, compare son esprit... à un cheval indocile : « Je bronche plus volontiers en pays plat, comme certains chevaux que je connais, qui chopent plus souvent en chemin uni » (III, 356/1067). On trouve le même goût de l'autodérision au seuil du chapitre « Sur des vers de Virgile », consacré aux plaisirs de la jeunesse, où Montaigne lance cette injonction à son esprit : « qu'il verdisse, qu'il fleurisse cependant, s'il peut, comme le gui sur un arbre mort » (III, 90/844). Il accuse ainsi avec humour le contraste qui s'est creusé avec les ans entre son corps vieillissant et son esprit toujours alerte.

À la Renaissance, les ressources de la langue française, dans le domaine de la création d'images, paraissent encore quasiment intactes. Les poètes et les écrivains, comme le leur conseillait Du Bellay dans la *Défense et illustration de la langue française* (1549), transposent volontiers en langue française les images de la poésie antique. D'autres langages pouvaient également servir de mines où puiser un vocabulaire renouvelé, et en particulier les lexiques des différents arts et techniques. Montaigne dit emprunter volontiers au lexique de la chasse ou de l'équitation pour en tirer des métaphores expressives et concrètes : « il n'est rien qu'on ne fit du jargon de nos chasses et de notre guerre » (III, 127/874). Pour montrer que les bêtes donnent l'exemple à l'homme d'une obéissance raisonnable aux prescriptions de la nature, il emploie deux images tirées respectivement de l'art équestre et de la fauconnerie : « Tout ainsi que les chevaux qu'on mène en main font bien des bonds et des escapades, mais c'est la longueur de leurs longes, et suivent ce néanmoins toujours les pas de celui qui les guide, et comme l'oiseau prend son vol, mais sous la bride de sa filière » (III, 335/1050). La prédilection de Montaigne pour ce type de comparaisons n'est bien sûr pas anodin : l'univers symbolique implicitement convoqué par ces images est celui d'un gentilhomme campagnard qui s'adonne aux arts nobles.

Montaigne aime manier les mots et leur donner des inflexions sémantiques nouvelles : « J'ai un dictionnaire tout à part moi » (III, 410/1111). Il sait que cela rend parfois son texte âpre ou difficile, et peut-être « trop épais en figures » (III, 128/875). Mais ces nombreuses images, banales ou hardies, font partie de lui-même et de sa pensée, et il n'entend donc pas les renier.

UNE PALETTE DE STYLES

Montaigne a choisi un style apte à refléter sa personnalité. Pourtant, ce style n'est pas seulement de l'ordre de la singularité ou de l'ineffable. Il est possible de le décrire ou en tout cas de le situer grâce aux catégories de la rhétorique classique.

La rhétorique antique, transmise par des traités comme *L'Orateur* de Cicéron (Ier siècle av. J.-C.) ou *L'Institution oratoire* de Quintilien (Ier siècle ap. J.-C.), distingue trois niveaux stylistiques : le style bas ou simple, peu orné, vise surtout à informer et à instruire ; le style moyen, riche en figures, veut plaire et charmer ; le style élevé, caractérisé par la véhémence et le sublime, cherche à émouvoir.

Montaigne décrit le style qu'il emploie dans sa correspondance familière en des termes qui peuvent aussi convenir au style des *Essais* : « J'ai naturellement un style comique [bas] et privé, mais c'est d'une forme mienne, inepte aux négociations publiques, comme en toutes façons est mon langage : trop serré, désordonné, coupé, particulier; et ne m'entends pas en lettres cérémonieuses, qui n'ont d'autre substance que d'une belle enfilure de paroles courtoises » (I, 359/252). Montaigne opte donc pour un style simple, naturel et familier, en délaissant les ressources du style moyen, raffiné et délicat. Malgré son refus de toute affectation, ce style simple s'agrémente de certains ornements qui peuvent lui convenir, comme l'humour et les traits d'esprit. Grâce à l'humour, Montaigne assume avec bonne humeur ses propres défauts et il invite le lecteur à accepter, de manière plus générale, l'imperfection humaine. Bien des passages réflexifs ont une tonalité souriante, et l'écrivain y pratique l'autodérision avec subtilité (« Je n'ai vu monstre et miracle au monde plus exprès que moi-même », III, 310/1029; (« ce notable commentaire, qui m'est échappé d'un flux de caquet », III, 155/897) ou parfois plus crûment (« Ce sont ici [...] des excréments d'un vieil esprit », III, 211/946).

Il lui arrive parfois de diriger ses flèches non contre lui-même, mais contre tel ou tel personnage digne d'un traitement satirique. Les sots, par exemple, mais aussi les puissants ou les pédants sont les cibles coutumières de son ironie, qui participe de la tonalité enjouée du style bas, auquel appartiennent les *Essais*[1]. Le trait d'esprit

1. Voir B. Roger-Vasselin, *Montaigne et l'art de sourire à la Renaissance.*

s'accompagne volontiers de certains procédés stylistiques comme la paronomase ou le jeu de mots. Ainsi dans ces exemples : « [Les hommes] laissent là les choses, et s'amusent à traiter les causes. Plaisants causeurs » (III, 307/1026) ; « L'ambition paye bien ses gens de les tenir toujours en montre [...]. Ils n'ont pas seulement leur retrait [lieu d'aisance] pour retraite ! » (III, 72/828) ; «les haires [vêtement de mortification] ne rendent pas toujours hères [misérables] ceux qui les portent [les faux dévots] » (III, 500/729).

À côté de ce style simple et familier, on trouve également dans certains passages des *Essais* une tonalité plus solennelle. Il arrive que Montaigne déroge au style simple qui constitue la base des *Essais* pour de brèves incursions dans le style élevé. Certaines causes nécessitent de hausser le ton : il sait manier le sublime lorsqu'il le faut, que ce soit dans le blâme, pour dénoncer l'injustice (III.13) ou la barbarie (III.6), ou dans l'éloge, pour louer l'amitié parfaite (I.28) ou la beauté de la poésie latine (I.37). Voici quelques exemples de ce style véhément. Montaigne se lance dans une longue période en style coupé pour exalter la soif insatiable de connaître, signe même de l'immortalité de l'âme : « Nul esprit généreux ne s'arrête en soi : il prétend toujours et va outre ses forces ; il a des élans au-delà de ses effets ; s'il ne s'avance et ne se presse et ne s'accule et ne se choque, il n'est vif qu'à demi ; ses poursuites sont sans terme et sans forme ; son aliment c'est admiration, chasse, ambiguïté » (III, 357/1068).

Il recourt même parfois à la période cicéronienne, par exemple pour dénoncer l'injustice des juges : « Combien avons-nous découvert d'innocents avoir été punis, je dis sans la coulpe des juges ; et combien en y a-t-il eu que nous n'avons pas découverts ? [...] Combien ai-je vu de condamnations, plus crimineuses que le crime ? » (III, 360-361/1071). On retrouve cette tonalité très oratoire dans cet autre passage, pour dénoncer les exactions des conquérants espagnols au Nouveau Monde : « Qui mit jamais à tel prix le service de la mercadence et du trafic ? Tant de villes rasées, tant de nations exterminées, tant de millions de peuples passés au fil de l'épée, et la plus riche et belle partie du monde bouleversée pour la négociation des perles et du poivre ! mécaniques victoires » (III, 171/910).

On est loin, dans ces passages véhéments, enthousiastes ou indignés, du ton spirituel et enjoué de la conversation familière. Mais Montaigne sait également assortir le sublime et le style simple[1]. Il souligne l'art incomparable de Xénophon et de Platon, qui ont su

1. Voir M. Magnien, « Montaigne et le sublime dans les *Essais* ».

aborder les sujets les plus élevés dans un style sobre : « on les voit souvent se relâcher à cette basse façon, et populaire, de dire et traiter les choses, la soutenant des grâces qui ne leur manquent jamais » (II, 394-395/638). Lorsque, dans l'*Apologie de Socrate*, Platon représente son maître à l'instant de sa mort et rapporte ses dernières paroles, la sagesse la plus élevée s'incarne dans le langage le plus quotidien : « Voilà pas un plaidoyer sec et sain, mais quand et quand [à la fois] naïf et bas, d'une hauteur inimaginable, véritable, franc et juste au-delà de tout exemple, et employé en quelle nécessité ? » (III, 341/1054).

À sa façon, Montaigne a tenté de suivre ces modèles, en abordant les sujets les plus ambitieux dans un style naturel et personnel. On peut estimer, par exemple, que le célèbre passage qui ouvre le chapitre « Du repentir » concilie à la fois la simplicité familière du style, l'ironie souriante, et la profondeur de la méditation philosophique sur soi et sur le monde : « Les autres forment l'homme ; je le récite [raconte] et en représente un particulier bien mal formé, et lequel, si j'avais à façonner de nouveau, je ferais vraiment bien autre qu'il n'est. Meshuy [désormais], c'est fait. Or les traits de ma peinture ne fourvoient point, quoiqu'ils se changent et diversifient. Le monde n'est qu'une branloire pérenne. Toutes choses y branlent sans cesse : la terre, les rochers du Caucase, les pyramides d'Égypte, et du branle public et du leur. La constance même n'est autre chose qu'un branle plus languissant. Je ne puis assurer mon objet. Il va trouble et chancelant, d'une ivresse naturelle. Je le prends en ce point, comme il est, en l'instant que je m'amuse à lui. Je ne peins pas l'être. Je peins le passage [...] » (III, 44/805). Le style coupé concourt ici à animer la prose de Montaigne d'un souffle et d'une énergie qui ne sont pas sans évoquer, dans un autre ordre de création, la fureur des poètes et l'intensité de l'inspiration[1].

1. Voir J. Lecointe, *L'Idéal et la différence*, p. 329-330.

V L'EXPÉRIENCE SCEPTIQUE

Le nom de Montaigne est rapidement devenu inséparable de la philosophie qu'il a remis à l'honneur : le scepticisme, et plus particulièrement le pyrrhonisme, doctrine attribuée à Pyrrhon (IVe-IIIe siècle avant J.-C.) et connue en particulier grâce aux écrits de Sextus Empiricus (IIe-IIIe siècle après J.-C.). De ce dernier, Montaigne a lu les *Hypotyposes pyrrhoniennes*, dans la traduction latine publiée par Henri Estienne en 1562. Cette lecture l'a profondément influencé et les *Essais* en restent durablement marqués. Plus manifeste sans doute dans cet épicentre que constitue l'« Apologie de Raimond Sebond » (II.12), l'action du scepticisme se fait sentir, plus largement, dans l'ensemble du livre : sans exclure de fréquents emprunts à d'autres écoles antiques, cette pensée guide en profondeur la méthode et l'écriture de Montaigne.

L'« APOLOGIE DE RAIMOND SEBOND »

UNE PROFESSION DE FOI SCEPTIQUE

Le chapitre le plus long et le plus complexe des *Essais* (II.12) est clairement placé sous le signe du scepticisme. En prenant prétexte de la défense du théologien Raimond Sebond, Montaigne y présente la philosophie des pyrrhoniens, leurs principes et leur langage, et il exprime sans ambages l'attirance qu'il ressent pour leur école. Il suit fidèlement Sextus Empiricus dans sa présentation, et divise les écoles philosophiques en trois catégories : d'abord « les Péripatéticiens, Épicuriens, Stoïciens et autres », qui prétendent avoir trouvé la vérité ; puis les Académiciens, qui déclarent quant à eux que la vérité est définitivement inaccessible à l'homme ; enfin les « Sceptiques ou Épéchistes » (du grec *épochè*, suspension du jugement) qui se disent « encore en cherche [quête] » d'une vérité qui reste à découvrir (II, 221/502). Ces trois options philosophiques forment en fait deux grands partis : les dogmatiques d'un côté, qui pensent qu'une certaine connaissance, positive ou négative, est possible ; et les pyrrhoniens de l'autre, qui en doutent, mais qui refusent de donner à leur doute une formulation assertive. « La profession des Pyrrhoniens est de branler, douter et enquérir, ne s'assurer de rien » (*ibid.*). Ces philosophes se lancent ainsi dans une enquête sans fin, contredisant toutes les propositions qui leur sont présentées par des propositions contraires, lesquelles sont susceptibles d'être contredites à leur tour. « Ils se servent de leur raison pour enquérir et pour débattre, mais non pas pour arrêter et choisir » (II, 224/505). Cette irrésolution perpétuelle est paradoxalement le secret du véritable bonheur : car elle « les achemine à leur Ataraxie [absence de trouble], qui est une condition de vie paisible, rassise, exempte des agitations que nous recevons par l'impression de l'opinion et science que nous pensons avoir des choses » (II, 222/503).

Il faut noter toutefois que cette ataraxie n'est pas de l'ordre de la méditation ou du retrait hors de la vie. La « surséance et suspension de jugement » prônée par les pyrrhoniens (II, 224/505) n'aboutit ni au silence ni à l'inaction. En effet, l'incapacité de trancher relance sans fin la discussion et la recherche, chaque hypothèse en appelant une autre pour la contredire avant d'être contredite à son tour. L'irrésolution sceptique n'aboutit pas non plus à l'impossibilité d'agir : même s'il n'est guidé par aucune connaissance, le pyrrhonien vit en suivant les « inclinations naturelles », les lois et les coutumes (II, 225/505). Il se conforme à l'usage commun sans prétendre qu'il soit fondé sur une quelconque vérité. Conservateur par nature, il respecte les lois religieuses et politiques (II, 226/506).

Au détour de cet exposé doxographique, Montaigne révèle qu'il s'est fait frapper un jeton[1] avec un emblème sceptique (II, 253/527) : une balance (emblème de l'*époché*) assortie d'une devise sceptique : « Que sais-je ? », dont la forme interrogative exprime un doute « par interrogation », c'est-à-dire non assertif et irrésolu. Il est difficile de ne pas voir dans cette confidence un aveu implicite de pyrrhonisme de la part de l'auteur des *Essais*.

---

1. Voir M.-L. Demonet, *À plaisir. Sémiotique et scepticisme*.

En apparence, les pyrrhoniens ne vivent pas très différemment des autres hommes, excepté sur un point : ils se sont délivrés du souci de défendre une prétendue vérité contre des adversaires convaincus d'une vérité contraire. Or l'époque où Montaigne écrit est aux prises avec les divisions et les violences engendrées par les guerres de Religion (qui se succèdent, en France, à partir de 1562). Le scepticisme lui apparaît comme une solution philosophique qui rendrait impossible tout fanatisme. Lorsqu'il dénonce les polémiques des sectes philosophiques, on entend par transparence une autre dénonciation, celle des controverses religieuses stériles et funestes qui ont ensanglanté l'Europe : « Vaut-il pas mieux suspendre sa persuasion que de se mêler à ces divisions séditieuses et querelleuses ? » (II, 223/504). C'est la conclusion à laquelle aboutit l'« Apologie » : l'homme doit renoncer aux prétentions outrecuidantes des théologies, qui prétendent enfermer Dieu et la vérité dans un discours partisan. Dieu accordera la foi seulement s'il le désire, par sa seule grâce. Dès lors, le problème de la vérité religieuse n'incombe plus à la responsabilité de l'homme. Il n'a plus à trouver, à formuler, à prouver la vérité, ni non plus à la diffuser par la parole ou par la violence. Il lui suffit de s'abandonner à l'illumination divine — lorsqu'il plaira à Dieu de la lui octroyer. La philosophie sceptique n'est donc pas en désaccord avec la foi, puisqu'elle « présente l'homme nu et vide, reconnaissant sa faiblesse naturelle, propre à recevoir d'en haut quelque force étrangère [...], anéantissant son jugement pour faire plus de place à la foi » (II, 226/506). Et si Dieu ne se manifeste pas, l'homme a de toute façon suffisamment d'éléments pour guider son existence immédiate, en suivant les coutumes, les lois, et les impulsions naturelles. Le sceptique est ainsi libéré de l'angoisse religieuse, qui faisait dépendre ses choix les plus immédiats de la possession illusoire d'un absolu.

La position de Montaigne s'oppose très clairement aux engagements des extrémistes des deux camps qui s'affrontent alors en France, insurgés réformés ou ligueurs catholiques, qui font de la lutte armée un moyen d'imposer leur vérité en matière de religion. On voit aussi néanmoins comment la pensée libertine est à l'horizon d'une telle position philosophique, qui éloigne la religion du centre de l'existence humaine. Le fidéisme de Montaigne, en séparant radicalement la foi de la raison, risque à terme d'affaiblir la première. Au XVIIᵉ siècle, l'« Apologie » (souvent relue à travers la *Sagesse* de Pierre Charron) deviendra pour les libertins le bréviaire de l'incroyance[1]. Leurs ennemis — les catholiques dévots et plus tard les jansénistes — dénonceront en Montaigne un pécheur et un athée[2]. Pourtant, dans la pensée de Montaigne, le scepticisme s'accommodait parfaitement de la pratique religieuse, et même de la foi, conçue comme une simple représentation individuelle qui ne fonde pas un discours universel de vérité, et qui ne se prête donc à aucun prosélytisme. Il n'y avait pas de contradiction, pour Montaigne, à vivre à la fois en catholique et en pyrrhonien. Il faisait dire la messe dans sa chapelle et, deux étages audessus, faisait peindre les sentences des sceptiques aux poutres de sa librairie, aux côtés des citations tirées de l'Ecclésiaste. C'est bien pourquoi il a pu concevoir le projet même de cette « Apologie » paradoxale, où il prétendait en même temps défendre la foi chrétienne et renouer avec l'inspiration originelle du scepticisme antique.

1. Voir Dossier, p. 199-200.

2. Voir Dossier, p. 200 et suiv.

UNE ARGUMENTATION PARADOXALE

À la demande de son père, disparu en 1568, Montaigne avait commencé à traduire le *Livre des créatures ou Théologie naturelle* de Raimond Sebond. Cet ouvrage, écrit en latin par un théologien catalan mort à Toulouse en 1436, défendait l'idée que les lumières naturelles sont une voie d'accès possible et suffisante aux vérités religieuses. Le père de Montaigne pensait qu'un tel livre pouvait contribuer à conforter la foi catholique et à affaiblir les divisions religieuses qui faisaient rage en France. Cependant, les thèses rationalistes de Sebond étaient regardées avec suspicion par l'Église romaine, et la préface de son livre avait été mise à l'Index en 1564. Malgré cela, Montaigne, pour exaucer le vœu de son père, a publié une première fois sa traduction en 1569, et il l'a republiée en 1581. Il ne fait donc pas de doute qu'il tenait beaucoup à ce texte. Pourtant, dans le chapitre 12 du livre II des *Essais*, il a pris nettement ses distances avec les thèses de Sebond. Il l'a fait d'une manière étrange et paradoxale : sous couvert de mener une « apologie » de Sebond, c'est-à-dire, en principe, de faire un plaidoyer pour ses idées, il procède en réalité à une critique radicale des postulats sur lesquels reposait son œuvre.

Même si la démarche de Montaigne dans ce texte difficile qu'est l'« Apologie » reste énigmatique sur bien des points, on s'accorde à reconnaître aujourd'hui qu'elle est inspirée par le scepticisme. En commençant ce chapitre, Montaigne annonce qu'il va répondre aux accusations des détracteurs de Sebond. Ils prétendent d'abord que la foi ne doit pas s'appuyer sur la raison, faute de perdre sa dignité et sa supériorité. À cette première objection, Montaigne répond que la raison peut fort bien « accompagner » la foi (II, 141/441), même si elle est impuissante à la fonder. À ce titre, le livre de Sebond reste utile et salutaire s'il vient conforter une foi déjà existante. Dans un deuxième temps, au lieu de reprendre une à une les objections des détracteurs de Sebond à chacun de ses arguments, qu'ils jugent « faibles et ineptes à vérifier ce qu'il veut » (II, 150/448), Montaigne opte pour une stratégie radicale : il se propose de montrer que la raison humaine est impuissante à rien connaître avec certitude, et que la science n'est qu'une illusion. Par voie de conséquence, tous les arguments logiques possibles visant à une quelconque connaissance se trouveront d'un coup invalidés — ceux des contradicteurs de Sebond, mais aussi — contrecoup inattendu — ceux de Sebond lui-même.

Cette critique de l'esprit humain et de sa présomption constitue en fait l'essentiel du chapitre. Sa portée excède à l'évidence son utilité argumentative dans le projet initial de réhabilitation de Sebond : celui-ci n'est bientôt plus qu'un prétexte à une longue expérimentation de la pensée sceptique, qui conduit Montaigne à dénoncer successivement la vanité de l'homme, qui se croit à tort supérieur à l'animal, la vanité de la pensée humaine, qui n'est arrivée à rien établir de certain, et enfin la faiblesse de la raison et des sens.

Montaigne renvoie pour finir dos à dos Sebond et ses contradicteurs, qui partagent cette illusion de croire que la raison peut atteindre l'être et saisir la vérité. Comment comprendre alors l'intention apologétique affichée par le titre du chapitre ? L'adresse, au cœur de la démonstration (II, 293/557), à une dame de haut rang — qui pourrait être Marguerite de Valois — et surtout l'éloge univoque de Sebond au début du texte (« à dire la vérité, je le trouve si ferme et si heureux que je ne pense point qu'il soit possible de mieux faire en cet argument-là », II, 140/440) interdisent de comprendre le titre de manière ironique. Au fond, Montaigne défend moins la pensée de Sebond, qu'il juge dogmatique, que la pureté de ses intentions, partageant avec lui le projet de conforter la foi par la philosophie, mais au prix d'un changement radical de paradigme, en passant de la pensée scolastique à l'argumentation sceptique. Selon le scepticisme, il est toujours possible d'opposer à une thèse, fût-elle aussi magnifiquement étayée que celle de Sebond, une thèse opposée, qui enclenchera une dynamique d'isosthénie (équilibre de forces opposées) propre à placer l'esprit dans une incertitude féconde. Ainsi, le meilleur hommage qu'on puisse rendre à Sebond n'est pas d'acquiescer de manière passive à ses raisons, mais bien de produire une argumentation contraire, véhémente et ambitieuse, qui soit d'un poids suffisant pour lui résister. Comme dans la conversation intellectuelle dont Montaigne exposera les principes dans « De l'art de conférer » (III.8), c'est en s'opposant à son interlocuteur par la contradiction raisonnée que l'on manifeste le mieux son estime pour lui. Cette « joute » intellectuelle avec Sebond doit donc se lire comme une forme d'hommage paradoxal à l'œuvre qu'il a traduite.

C'est pourquoi la conclusion assertive de l'« Apologie » (« Nous n'avons aucune communication à l'être », II, 348/601) — qui est d'ailleurs empruntée à Plutarque — n'est pas l'expression pleine et entière de la pensée de Montaigne (qui tomberait alors dans le piège du discours résolutif, en soutenant une thèse de manière définitive), mais la conclusion d'un contre-discours construit pour s'opposer au discours de Sebond[1]. Si Montaigne est sceptique, ce n'est pas en s'identifiant sans distance à la voix fidéiste que l'on entend dans l'« Apologie », mais c'est en assurant le montage textuel

1. Voir E. Naya, *Essais de M. Seigneur de Montaigne*, p. 83.

qui, en opposant des argumentations de force équivalente (ici Plutarque à Sebond), produit la suspension de jugement, c'est-à-dire l'impossibilité de conclure, qui relance l'enquête. La meilleure preuve en est que l'entreprise des *Essais* ne s'arrête pas à la fin du chapitre II.12 : elle se développe au contraire, jusqu'au dernier chapitre (III.13), qui reprend et retravaille la question du scepticisme, notamment à partir des pratiques concrètes que sont la jurisprudence, la médecine et l'art de vivre.

À l'issue de l'« Apologie », l'idée de théologie naturelle ne s'effondre pas, mais elle est mise en balance avec la démonstration contradictoire de son impossibilité. Dans l'immédiat, l'esprit se trouve dans l'incapacité de trancher entre deux thèses radicalement ébranlées, et trouve ainsi une raison conjoncturelle mais justifiée de se tourner, en matière de foi, vers Dieu et sa grâce. La seule cause préservée dans ce bouleversement, c'est la défense du christianisme, et plus encore de la paix entre les chrétiens. Cet idéal continue d'inspirer Montaigne lorsqu'il écrit l'« Apologie », comme il l'inspirait lorsqu'il traduisait la *Théologie naturelle*. Telle est au moins l'une des lectures possibles de ce chapitre dont le sens est encore largement débattu entre les spécialistes[1]. Du reste, Montaigne avait plei-

1. Voir en bibliographie les ouvrages de Brahami, Cave, Conche, Giocanti, Miernowski, Naya, Tournon, etc.

nement conscience de la difficulté déconcertante de son argumentation, et il s'excuse auprès de la destinataire du chapitre de la témérité et de la subtilité de sa pensée (II, 293/558). Il ne renonce pas pour autant à ses derniers développements, mais il ne les propose pas nécessairement à l'imitation du lecteur ordinaire, qui gagnera à rester dans la « route commune ».

Il n'en demeure pas moins que la raison est durablement discréditée comme faculté de connaissance. Pourtant, elle reste fiable, à certaines conditions, comme faculté d'examen et de discours. Le scepticisme de Montaigne, s'il interdit d'espérer qu'un jugement soit définitif (puisqu'une nouvelle argumentation pourra toujours justifier d'en faire appel), n'interdit pas de poursuivre l'instruction et l'enquête. La raison, si son usage est discipliné et normé, est pleinement capable de réfuter certains discours et de s'opposer à certaines représentations. Le livre peut donc continuer !

LE DOUTE LIBÉRATEUR

La pratique sceptique du doute vise à ébranler les fausses certitudes et tout ce qui entrave la liberté de la pensée. Les *Essais* permettent, dans leur variété même, de passer en revue les différents champs du savoir, et de passer au crible les discours établis. Loin d'être une simple compilation de sentences et de préceptes, ils juxtaposent citations et exemples de façon à créer des contradictions qui remettent en cause les automatismes des savoirs traditionnels.

C'est le cas par exemple pour la stratégie et l'art militaire, dont Montaigne reconsidère les présupposés dans plusieurs chapitres. Ainsi, dans le chapitre « Par divers moyens on arrive à pareille fin » (I.1), une série d'exemples contradictoires montrent qu'il n'existe pas de recette infaillible pour s'attirer la clémence d'un vainqueur : un geste de défi réussit parfois mieux qu'une attitude de soumission. Les règles de la négociation deviennent dès lors incertaines et, au-delà du problème technique des ambassades en temps de guerre, c'est la connaissance même de la psychologie humaine qui apparaît comme difficile : « c'est un sujet merveilleusement vain, divers et ondoyant, que l'homme. Il est malaisé d'y fonder jugement constant et uniforme » (I, 55/9). Parti d'un cas très particulier, Montaigne élargit la portée du doute épistémologique à la science de l'homme en général.

Un peu plus loin, dans le chapitre « De l'incertitude de notre jugement » (I.47), on observe une dynamique semblable : en partant cette fois d'un problème de stratégie militaire (faut-il attendre l'ennemi ou marcher à sa rencontre ?), Montaigne cherche en vérité à montrer que l'intervention de la Fortune rend les événements imprévisibles. Tout pronostic devient dès lors incertain. Le doute sceptique vise ainsi à rappeler sans cesse à la pensée la complexité têtue du réel, qui déjoue les analyses toutes faites.

Comme la diplomatie et la stratégie, d'autres disciplines sont soumises dans les *Essais* à une critique radicale. C'est le cas notamment de la médecine, dont Montaigne conteste la prétention à généraliser ses préceptes et à se constituer en science (dans les chapitres II.37 et III.13). Son expérience propre lui a permis de constater que les conseils des médecins étaient toujours contradictoires et que leur application était sujette à caution. Au modèle scientifique de la médecine hippocratique, encore en vigueur pour l'essentiel au XVIe siècle, Montaigne entend substituer une écoute individuelle du corps qui peut lui procurer une connaissance intuitive de son état de santé. Sa propre expérience, purement subjective, suffit à l'avertir des régimes qui lui sont propices. L'empirisme le plus radical rejoint ici le scepticisme en disqualifiant les prétentions scientifiques du discours médical.

De la même façon, au début du chapitre « De l'expérience » (III.13), une violente critique de la jurisprudence met en cause la capacité des lois à rendre compte du réel, irréductiblement singulier : « Il y a peu de relation de nos actions, qui sont en perpétuelle mutation, avec les lois fixes et immobiles » (III, 354/1066). Montaigne ne remet pas en question l'idée que l'existence de lois est nécessaire pour garantir l'ordre social, mais il ne pense pas que l'on pourra améliorer le droit en entassant les lois et les interprétations. Cette prolifération complexifie à l'excès la science juridique sans jamais pouvoir approcher, même de loin, « l'infinie diversité des actions humaines » (*ibid.*).

Le droit est aussi remis en question par les grandes découvertes, qui ont mis les Européens en contact avec des cultures radicalement différentes de la leur. Les valeurs morales, les usages sociaux et les croyances n'apparaissent plus comme intangibles. À la lecture des récits des voyageurs, l'idée que nos propres coutumes seraient fondées en nature est sapée par la description de modes de vie inédits et exotiques. Dans le chapitre « De la coutume » (I.23), Montaigne passe en revue la diversité des sociétés humaines : « Il en est où il se voit des bordeaux [bordels] publics de mâles, voire et des mariages ; où les femmes vont à la guerre quant et [avec] leurs maris [...]. Où non seulement les bagues se portent au nez, aux lèvres, aux joues, et aux orteils des pieds, mais des verges d'or bien pesantes au travers des tétins et des fesses [...] » (I, 178/112). Les lois, soumises à ce travail de variation systématique et vertigineux, se réduisent à des coutumes arbitraires.

Selon le point de vue sceptique, la sagesse consiste cependant à respecter malgré leur absence de fondement rationnel les us et coutumes du pays où l'on vit, car elles garantissent un ordre social régulier et paisible, à la différence des réformes radicales qui risqueraient de tout plonger dans le chaos. Le scepticisme de Montaigne justifie son conservatisme politique et religieux. Mais il prépare la lecture des libertins du XVIIe siècle, qui verront dans ces variations expérimentales les indices que la nature humaine n'est pas le reflet constant et intangible de la volonté divine[1]. Du reste, chez Montaigne déjà, la force iconoclaste de cette démarche qui dénonce les leurres de la coutume permet un retour à la nature dans sa nudité. Cette démarche n'est pas sans analogie avec une autre philosophie antique : le cynisme[2]. Dans ses aspects les plus destructeurs, le doute sceptique permet de secouer les faux-semblants

1. Voir J.-C. Darmon, « Linéaments d'une réception libertine de Montaigne au XVIIe siècle », et Dossier, p. 199-200.

2. Voir M. Clément, *Le Cynisme à la Renaissance*, p. 185.

pour retrouver un accord plus immédiat entre l'âme et ses représentations naturelles.

LE RETOUR DU DOUTE SUR LUI-MÊME

La spécificité du doute tel que le pratique Montaigne est sa portée universelle, à tel point qu'il s'inclut lui-même dans les objets qu'il considère. Les pyrrhoniens, distincts en cela des sceptiques de la Nouvelle Académie, doutent de tout, et encore de ce seul fait, qu'ils doutent. Le discours du philosophe tombe ainsi sous le coup de son propre scepticisme. Le doute s'emporte lui-même, comme une plante laxative, selon une métaphore médicale que Montaigne a trouvée chez Sextus Empiricus : « ni plus ni moins que la rhubarbe qui pousse hors les mauvaises humeurs » (II, 253/527). Ce doute extrême, hyperbolique, qui « se secoue soi-même » (II, 222/503), trouve chez Montaigne une expression adéquate en raison des singularités de son écriture.

L'une des plus notables est la dimension autoréflexive du texte des *Essais*, qui permet à Montaigne de revenir sans cesse sur ce qu'il a écrit pour le soumettre à un nouvel examen. Quel que soit son objet, le discours se double d'une interrogation sur sa propre validité, et sur les conditions de sa pertinence[1]. Ainsi, dans le chapitre « De l'incertitude de notre jugement » (I.47), Montaigne centre son propos sur une question de stratégie militaire dont la solution s'avère difficile, en raison de l'intervention déterminante de la Fortune dans le cours des événements. Mais le hasard n'affecte pas seulement le sort des batailles : il gouverne de même l'esprit des généraux et leurs décisions. Au moment de conclure le chapitre, Montaigne élargit encore son champ de réflexion : « il semble [...] que la fortune engage en son trouble et incertitude aussi nos discours. Nous raisonnons hasardeusement et inconsidérément » (I, 399/286). Rétrospectivement, cette constatation s'applique également à l'esprit de l'essayiste, et met en doute la validité de ses propres réflexions. Le hasard n'affecte pas seulement l'objet de l'enquête : il gouverne aussi, à un second niveau, l'enquête elle-même. L'ensemble du chapitre se trouve ainsi soumis à cette clause d'incertitude[2]. Grâce à ce dispositif discursif, Montaigne parvient à l'expression d'un doute qui s'emporte lui-même, conformément à l'inspiration pyrrhonienne.

Autre procédé de l'écriture sceptique : l'usage très particulier que Montaigne fait des citations, omniprésentes dans les *Essais*. Loin d'utiliser

1. Voir J.-Y. Pouilloux, *Montaigne. L'éveil de la pensée*, et Dossier, p. 235.

2. Voir A. Tournon, *La Glose et l'essai*, p. 102-103.

l'intertexte antique pour y puiser des arguments d'autorité qui conforteraient une thèse fixée à l'avance, il a pour habitude d'opposer les avis des philosophes entre eux, et leur avis au sien, sans trancher.

Dans le chapitre « Du repentir » (III.2), par exemple, Montaigne se démarque des pythagoriciens (« Je ne suis pas la secte de Pythagore... »), puis il oppose cette première doctrine à celle des stoïciens (« Ils font tout à l'opposite des préceptes stoïques »...), avant d'exprimer en face de ces deux positions philosophiques la sienne propre : « Quant à moi, je puis désirer en général être autre [...]. Mais cela, je ne le dois nommer repentir » (III, 54/812). Le rappel des positions classiques des écoles philosophiques sert seulement à faire varier le jugement d'une position à l'autre, et la position subjective qui émerge alors n'a ni plus ni moins d'autorité que les premières. Il s'agit simplement d'un flux de représentations qui se succèdent sans qu'aucune ne s'impose définitivement. « Nous autres, qui privons notre jugement du droit de faire des arrêts, regardons mollement les opinions diverses ; et, si nous n'y prêtons le jugement, nous y prêtons aisément l'oreille » (III, 186/923). L'usage que Montaigne fait des citations ou des emprunts exprime une irrésolution fondamentale.

Tous les discours des philosophes apparaissent alors comme d'aimables fictions, qui s'entrechoquent au hasard[1]. Fait remarquable, Montaigne n'excepte pas de cette qualification la philosophie sceptique elle-même : son carac-

1. Voir A. Tournon, *Montaigne en toutes lettres*, p. 141.

tère paradoxal en fait une « fantaisie » (II, 224/505) au même titre que les autres doctrines[1]. Il n'y a donc plus de différence de dignité entre les théories philosophiques et les représentations erratiques qui gouvernent tous les jours l'esprit humain. Montaigne applique aussi le terme de « fantaisie » à ses propres idées, sur l'éducation par exemple (I, 222/150), car il les propose à ses lecteurs sans prétendre leur donner d'autorité particulière. La pratique du doute sceptique aboutit ainsi non pas au silence ou à la suspension de toute activité, mais à un discours sans autorité, précaire et fragile et, en contrepartie, désentravé de toute allégeance doctrinale.

1. Voir O. Guerrier, « Fantasmes-fantasie », *Dictionnaire de M. de Montaigne*, p. 387-390.

L'ÉCRITURE SCEPTIQUE

Cette liberté nouvelle requiert une nouvelle écriture, débarrassée des automatismes dogmatiques enfouis dans la langue philosophique traditionnelle. Il faut, comme l'ont fait aussi, à leur façon, Sénèque ou Plutarque, dépasser les « cadences dogmatistes », les sentences, les assertions, en les faisant jouer dans un mouvement plus large, animé par « un dessein plutôt enquérant qu'instruisant », afin de produire « une forme d'écrire douteuse en substance » (II, 230/509). Chaque citation, chaque emprunt incrusté dans le texte des *Essais* est donc soumis à réexamen avant de recevoir une adhésion conditionnelle et temporaire.

Au début de ses chapitres, Montaigne dénonce souvent par une forme de modestie ironique le peu de poids et l'absence de garantie des « fadaises » qui vont suivre (ainsi au début des chapitres III.1 et III.9), en s'inspirant d'un procédé présent chez Sextus Empiricus[1]. Mais, au-delà de l'organisation rhétorique du discours, c'est le lexique lui-même qui doit s'adapter au dessein sceptique. L'enquête philosophique doit mobiliser les ressources du langage pour exprimer toute une gamme de nuances qui reflètent l'engagement variable du locuteur dans son énoncé, et ses réticences éventuelles : « J'aime ces mots, qui amollissent et modèrent la témérité de nos propositions : *À l'aventure*, *Aucunement*, *Quelque*, *On dit*, *Je pense*, et semblables » (III, 311/1030). Ces mots permettent de nuancer et de modaliser les affirmations et de refuser toute réponse tranchée à un problème trop complexe. Les formes interrogatives ont aussi toute leur place (comme dans le fameux « Que sais-je ? », II, 253/527). Aux grandes questions Montaigne conseille de répondre par d'autres questions, et il préconise une « façon de répondre enquêteuse, non

1. Voir E. Naya, *Essais de M. Seigneur de Montaigne*, p. 78.

résolutive : "Qu'est-ce à dire ? Je ne l'entends pas. Il pourrait être. Est-il vrai ?" » (III, 312/1030). C'est dans l'usage très précis de ces mots qui modalisent le doute que s'exprime toute la vigilance de l'écrivain, attentif à ne pas retomber dans les ornières du dogmatisme[1].

1. Voir K. Sellevold, « *J'ayme ces mots...* »

Le scepticisme de Montaigne est moins une allégeance ou une posture philosophique qu'une affaire d'écriture, de composition et de style. L'aspect désordonné des *Essais*, qui choquera tant les lecteurs des siècles suivants, répond au fond à une nécessité impérieuse. Cette apparente confusion résulte de procédés d'écriture qui entravent volontairement la résolution de la pensée et qui font des *Essais* une « œuvre ouverte », un texte qui attend l'interprétation du lecteur pour faire sens : « Un suffisant [compétent] lecteur découvre souvent ès écrits d'autrui des perfections autres que celles que l'auteur y a mises et aperçues, et y prête des sens et des visages plus riches » (I, 196/127). Montaigne ne délivre pas un discours achevé, il ne fait connaître son propre jugement qu'en précisant qu'il est tout à fait susceptible d'être reconsidéré en appel, et il offre au lecteur les pièces contradictoires d'un dossier sur lequel il lui faut se pencher à son tour. À ses lecteurs il lègue des problèmes plutôt que des solutions.

VI MONTAIGNE EN SON TEMPS

Contrairement à une image d'Épinal longtemps répandue, Montaigne ne s'est pas retiré hors de l'Histoire pour écrire ses *Essais*[1]. Lorsqu'en 1570 il met fin à ses fonctions de juge au parlement de Bordeaux, il se consacre certes davantage à la littérature, mais il continue aussi à fréquenter les princes et il remplit à plusieurs reprises des missions diplomatiques importantes entre les chefs des partis catholique et protestant. Après la première édition de son livre, son engagement dans les affaires du temps est encore plus visible, puisqu'il est élu (en 1581) puis réélu (en 1583) à la mairie de Bordeaux. Il consacre tous ses efforts à œuvrer en faveur de la paix dans sa province.

1. Voir G. Nakam, *Les* Essais *de Montaigne, miroir et procès de leur temps.*

Même si les *Essais* ne sont pas des Mémoires, au sens traditionnel du terme, ils sont traversés par l'écho des événements politiques et militaires d'une époque troublée. Loin de limiter sa réflexion au domaine privé et à la recherche du bonheur individuel, Montaigne s'engage sans hésiter sur les grands problèmes politiques de son temps : la recrudescence de la violence à la faveur des guerres civiles, l'usage de la torture, le partage du religieux et du politique, l'écart entre la justice réelle et la justice idéale ou encore la légitimité de la conquête du Nouveau Monde.

MONTAIGNE, ACTEUR POLITIQUE

Montaigne n'écrit pas des mémoires, mais des *essais*, et partant ne met pas volontiers en avant sa participation aux grands événements politiques et militaires. Pourtant, à y regarder plus attentivement, on rencontre dans les *Essais* quantité d'allusions au contexte des guerres de Religion et aux engagements politiques de Montaigne. Il signale avec discrétion, ici ou là, les contacts personnels qu'il a entretenus avec le roi de France, le roi de Navarre et le duc de Guise (il mentionne ainsi sur le mode allusif « l'accès que fortune [lui] a donné aux chefs de divers partis », I, 170/106). Sans entrer dans le détail de son action, il consacre un chapitre entier (III.10) à tirer le bilan des années passées à la mairie de Bordeaux. Les questions politiques que les *Essais* posent sur un plan théorique ne peuvent se comprendre que si on les éclaire par l'expérience concrète que

Montaigne a acquise comme négociateur ou comme maire.

Le père de Montaigne, maire de Bordeaux en 1554, avait joué un rôle de premier plan dans la région, et il bénéficiait déjà de réseaux politiques influents. Montaigne était par ailleurs lié à la puissante famille de Foix, qui appuya sa carrière politique[1] (ce patronage est explicite dans le chapitre I.26, « De l'institution des enfants », dédié à Diane de Foix). Après son départ du parlement de Bordeaux, qui doit s'interpréter comme un changement de carrière et non comme une retraite des affaires, Montaigne connaît un avancement rapide. En 1571, Gaston de Foix, marquis de Trans, lui remet au nom du roi l'ordre de Saint-Michel; c'est sans doute aussi grâce à l'appui de ce personnage que, dans les années qui suivent, Montaigne joue un rôle central dans les négociations entre Henri de Navarre et le duc de Guise.

Montaigne réussit le tour de force de gagner à la fois la faveur du roi de France (il est nommé gentilhomme ordinaire de sa chambre en 1573) et celle du roi de Navarre (il obtient de lui le même titre en 1577). Ami de ces deux princes souvent en conflit d'intérêts, il se trouve idéalement placé pour servir à l'occasion d'intermédiaire ou d'ambassadeur, tout en préservant son indépendance. Cette position médiane

1. Voir J. Balsamo, « Foix (famille de) », *Dictionnaire de M. de Montaigne*, p. 405-408.

le désigne en outre comme le mieux placé pour prétendre à la mairie de Bordeaux en 1581 — une ville où l'influence du roi de France et celle du roi de Navarre pouvaient facilement se heurter. Il est probable que Montaigne aurait préféré un poste d'ambassadeur en Italie : ainsi s'expliquerait le voyage entrepris en 1581, qui lui permit d'entrer en contact avec les élites dirigeantes de la Péninsule. Mais le roi décida que Montaigne lui était plus utile en Guyenne, et Montaigne dut faire demi-tour, une fois élu — en son absence — maire de Bordeaux.

Il est probable que la publication des premiers *Essais*, en 1580, a joué un rôle dans la stratégie politique de Montaigne[1]. Il n'est pas indifférent que celui-ci ait offert un exemplaire de son livre à Henri III au siège de La Fère, en 1580. Il donnait à connaître un visage de Montaigne qui pouvait intéresser les puissants : un homme de jugement[2], versé dans les matières historiques, diplomatiques et militaires. La page de titre de cette première édition attirait opportunément l'attention sur les titres de noblesse et les décorations de Montaigne[3].

Une fois à la tête de la municipalité de Bordeaux, Montaigne s'efforce de maintenir un équilibre délicat entre les forces politiques en présence — noblesse, marchands et robins. Il veut œuvrer pour la paix entre catholiques

1. Voir A. Legros, « Montaigne, son livre et son roi ».

2. Voir M. Foglia, « Une intention sociale et politique de l'essai ? ».

3. Voir P. Desan, Montaigne, *Essais (1582)*, introduction.

et protestants, quitte à s'opposer aux extrémistes des deux camps, partisans de la guerre interconfessionnelle. Il donne en partie satisfaction, comme en témoigne sa réélection en 1583. Mais il se heurte aussi à des critiques, et c'est d'une certaine manière pour y répondre qu'il publie en 1588 le chapitre « De ménager sa volonté » (III.10), où il défend en quelque sorte son bilan politique.

La position idéologique de Montaigne est clairement définie : il est catholique et royaliste, mais pacifiste, et partisan de la liberté de conscience. Ces paramètres définissent son appartenance au courant des « Politiques », qui comptait aussi dans ses rangs Michel de L'Hospital, Guy du Faur de Pibrac, ou Étienne Pasquier. Son amitié de plus en plus étroite avec le roi de Navarre, chef de file des protestants (qui séjourna deux fois à Montaigne, en 1584 et en 1587), ne l'empêche pas de reconnaître l'autorité du roi Henri III. Pourtant, Montaigne apparaît aux yeux de certains comme trop favorable aux réformés. Lorsqu'il se rend à Paris en 1588, pour y faire imprimer la nouvelle édition de ses *Essais*, les extrémistes catholiques de la Ligue le font embastiller. Il est heureusement libéré au bout de quelques heures grâce à l'intervention de la reine mère, Catherine de Médicis.

Après 1585, l'activité politique de Montaigne a commencé à décliner. Sa mauvaise santé le fatigue. Les troubles de Religion s'intensifient en Guyenne. En 1586, Montaigne doit quitter son château avec toute sa famille, fuyant la peste et la guerre. Il reste cependant en contact épistolaire avec Henri de Navarre, devenu roi de France en 1589, et il lui envoie occasionnellement ses conseils, remplissant de loin le rôle de conseiller du Prince dont il avait rêvé autrefois. Dans l'édition de 1588, il s'offrait à conseiller le prince qui aurait accepté de le prendre comme confident : « j'eusse dit ses vérités à mon maître, et eusse contrôlé [critiqué] ses mœurs, s'il eût voulu » (III, 369/1077). Montaigne s'imaginait en ami plutôt qu'en flatteur. Mais la fortune n'en a pas décidé ainsi : s'il a été l'ami distant des princes, et parfois leur ambassadeur, il n'a jamais intégré le cercle de leurs favoris, trop fier sans doute pour renoncer à une parcelle de sa liberté.

L'ENGAGEMENT EN QUESTION

L'écriture des *Essais* s'est poursuivie parallèlement à la carrière de Montaigne. Les problèmes politiques qui y sont débattus ne sont donc pas de pures questions d'école. Par exemple, la question de l'engagement public, que Montaigne pose avec acuité dans le chapitre 10 du livre III, est directement abordée en relation avec l'expérience de la mairie de Bordeaux.

Montaigne ne détaille pas le bilan concret de ses deux mandats de maire. Il rappelle simplement qu'il s'est montré fidèle à ses engagements fondamentaux : défendre les institutions politiques et religieuses du royaume contre les « nouvelletés », c'est-à-dire contre les menées révolutionnaires des protestants. D'où la ligne de conduite relativement simple qu'il s'est donnée : « Je n'avais qu'à conserver et durer » (III, 304/1023). Le conservatisme de Montaigne doit, pour être compris, être replacé dans le contexte chaotique des guerres civiles : il s'agit surtout dans son optique de garantir l'ordre et la paix.

Une fois rappelé l'essentiel de son engagement, Montaigne s'intéresse à un problème de théorie politique plus général : fort de son expérience, il réfléchit sur la nature de l'engagement politique. Comment agir sans perdre sa liberté ? En temps de guerre civile, la question est plus brûlante que jamais. Les oppositions se radicalisent et les passions s'exacerbent. Montaigne revendique le droit au détachement : il veut pouvoir servir le roi catholique tout en gardant ses amis protestants ou, à l'inverse, admirer le duc de Guise sans passer pour un ligueur (III, 291/1013). « Quand ma volonté me donne à un parti, écrit-il, ce n'est pas d'une si violente obligation que mon entendement s'en infecte » (III, 290/1012). « Hors le nœud du débat » (c'est-à-dire une fois tranchée la question religieuse), il proteste s'être « maintenu en équanimité et pure indifférence » (*ibid.*). Ces termes définissent une attitude sceptique qui doit lui permettre de trouver la sérénité au milieu des troubles. À l'inverse, ses ennemis, quel que soit leur bord politique, sont des hommes de partis, animés par cette « aigreur et âpreté intestine qui naît de l'intérêt et passion privée » (III, 31/793). Alors que Montaigne sert la paix, « ils attisent la guerre non parce qu'elle est juste, mais parce que c'est guerre » (*ibid.*).

L'auteur des *Essais* veut à tout prix rester indépendant de tous les partis. Il pense pouvoir conserver sa liberté tout en marquant sa fidélité au roi, qu'il regarde « d'une affection simplement légitime et civile, ni émue, ni démue par intérêt privé » (III, 30/792). À travers ces protestations d'indépendance se dégage progressivement une doctrine de l'action politique marquée par le stoïcisme : son refus des passions politiques témoigne d'une recherche méthodique de l'« impassibilité » mais n'exclut pas un engagement résolu au service du bien commun (III, 300/1020). Il veut agir par devoir, non par aveuglement partisan : « La cause générale et juste ne m'attache non plus que modérément et sans fièvre » (III, 30/792).

Il s'agit au fond de trouver une solution au dilemme central de l'action politique : comment agir (c'est-à-dire s'engager dans le monde et donc s'aliéner, en se liant aux forces collectives) et en même temps sauvegarder sa liberté intérieure ? Montaigne préconise une forme de clivage entre intériorité et extériorité, entre notre rôle public et notre « arrière-boutique » (I, 345/241). J'ai réussi, dit-il, à « me donner à autrui sans m'ôter à moi » (III, 284/1007). Il retrouve la vieille image du théâtre du monde : « Il faut jouer dûment notre rôle, mais comme rôle d'un personnage emprunté » (III, 289/1011), et risque cette formule célèbre : « Le maire et Montaigne ont toujours été deux, d'une séparation bien claire » (III, 290/1012).

Face à un conflit de devoirs complexe, Montaigne a voulu affirmer sans réticence son engagement en faveur du roi, des lois et de la foi catholique ; mais il n'a pas pour autant mis en péril sa famille, ses biens ou ses proches par un engagement inconsidéré dans le conflit. Il exprime cette position pondérée par une formule humoristique :

« Que Montaigne s'engouffre quant et [avec] la ruine publique, si besoin est; mais, s'il n'est pas besoin, je saurai bon gré à la fortune qu'il se sauve; et autant que mon devoir me donne de corde [me laisse libre], je l'emploie à sa conservation » (III, 30/792).

La réflexion politique de Montaigne sur les modalités et les degrés de l'engagement individuel en temps de crise fait preuve de subtilité et de nuances. Mais, sur le plan des principes moraux, ses positions sont plus immédiates, et elles expriment un refus instinctif et quasi viscéral de la violence.

LA DÉNONCIATION DE LA VIOLENCE

Les massacres des guerres civiles forment la toile de fond sanglante des *Essais.* Montaigne ne prétend pas faire l'histoire de ces troubles (d'autres, comme Goulart, La Popelinière ou Jacques-Auguste de Thou s'en sont chargés ou s'en chargeront). Mais l'autoportrait qu'il a entrepris fait une large place à l'expression de ses propres réactions face à ces atrocités. Il exprime son dégoût pour le sang versé par plaisir : « Je hais [...] cruellement la cruauté, et par nature et par jugement, comme l'extrême de tous les vices » (II, 129/429). La mémoire encore remplie de scènes aperçues lors des affrontements entre catholiques et protestants, il exprime son horreur pour ces « âmes si monstrueuses » qui tuent « pour le seul plaisir du meurtre » et torturent « pour cette seule fin de jouir [...] des gémissements et voix lamentables d'un homme mourant en angoisse » (II, 133/432).

L'auteur des *Essais* témoigne du traumatisme qui fut celui de toute sa génération, confrontée à une violence d'un type nouveau. Les guerres de Religion diffèrent en effet des guerres classiques, menées souvent hors des frontières (comme les guerres d'Italie au début du XVIe siècle) par des armées professionnelles. Les guerres civiles au contraire sont fratricides, elles impliquent l'ensemble de la population, sur son sol même. Le facteur religieux radicalise encore l'affrontement, et fanatise les masses. Montaigne se fait le porte-parole des modérés et il exprime son effroi devant ce déferlement de haine et de cruauté. Il souligne aussi que les mesures coercitives, en matière religieuse, aboutissent souvent à resserrer les rangs des minorités persécutées et vont donc à l'encontre du but recherché par ceux qui voudraient revenir à l'unité (II, 434/672).

Montaigne n'évoque pas en détail les massacres des guerres de Religion. On s'est parfois étonné qu'il ne dénonce pas explicitement les grands massacres de la Saint-Barthélemy (1572). Il souhaitait sans doute vouer à l'oubli cet événement funeste afin de ne pas aviver les polémiques, et ne pas accabler le roi Charles IX pour ce qui apparaissait aux catholiques modérés comme une monstrueuse erreur. La Saint-Barthélemy est pourtant présente à chaque page des *Essais*, en filigrane, à travers la dénonciation constante des violences, qui passe souvent par des références aux massacres de l'histoire ancienne[1].

1. Voir G. Nakam, *Les* Essais *de Montaigne, miroir et procès de leur temps.*

Montaigne en tout cas ne fait pas l'économie d'une réflexion de principe sur l'opportunité de participer à la vie politique lorsque la violence l'a envahie. Faut-il alors s'en détourner, et se retirer sur ses terres ? C'est la solution qu'il semble avoir choisie à partir de 1585, après son passage à la mairie de Bordeaux. Il s'en explique à mots couverts dans le chapitre « De l'utile et de l'honnête » (III.1). En référence à l'assassinat des Guises sur l'ordre d'Henri III[2] (et peut-être aussi en se souvenant implicitement de la Saint-Barthélemy), il prend acte de la radicalisation de la violence dans la vie politique, et souhaite s'en détourner, en laissant à moins délicat que lui la tâche de seconder un roi qui s'égare : « Le bien public requiert qu'on trahisse et qu'on mente et qu'on massacre ; résignons cette commission à gens plus obéissants et plus souples » (III, 28/791). Montaigne a formellement exclu d'asservir sa plume en justifiant

2. Voir J. Supple, « La vertu assignée aux affaires du monde : Montaigne et les assassinats de Blois ».

les massacres commis au nom du roi (d'autres écrivains l'avaient fait, comme Pibrac ou Dorat) : « c'est assez de tremper nos plumes en encre, sans les tremper en sang » (III, 42/802). La fin ne justifie pas qu'on emploie pour elle des moyens immoraux : « toutes choses ne sont pas loisibles à un homme de bien pour le service de son roi ni de la cause générale et des lois » (*ibid.*). La violence est ainsi l'occasion d'une réflexion sur les rapports entre les impératifs de la morale et les nécessités de la politique.

Montaigne décèle en lui, complémentaire de cette haine de la cruauté, une propension à la pitié : « je me compassionne fort tendrement des afflictions d'autrui » (II, 131/430). Il éprouve une sympathie instinctive pour ceux qui souffrent, fussent-ils coupables ou suspects. C'est ce qui l'amène à étendre sa condamnation de la violence à des usages alors légitimes : il condamne la torture judiciaire, fréquemment utilisée dans les interrogatoires et dans l'application des peines. La question (torture pour arracher l'aveu) lui semble un procédé barbare et surtout imprudent : elle peut aussi bien faire avouer un innocent qu'inciter un coupable au silence. Dans les ajouts manuscrits postérieurs à 1588, à la fin du chapitre « De la conscience » (II.5), Montaigne a radicalisé sa dénonciation de ce procédé couramment admis, qui lui semble injuste et horrible (II, 58/369). Par ailleurs, s'il ne remet pas en cause le principe de la peine de mort, il avoue avoir eu de la réticence à condamner des criminels dans l'exercice de ses fonctions au parlement de Bordeaux (III, 351/1063), et également à assister aux exécutions publiques (II, 131/430). Il souhaite la disparition des supplices qui accompagnaient souvent la mise à mort des criminels : « tout ce qui est au-delà de la mort simple me semble pure cruauté » (II, 131/431). Ces positions sont très marginales dans l'Europe d'alors. De même, l'attitude sceptique de Montaigne sur la sorcellerie n'est pas majoritaire sur un continent où la chasse aux sorcières se répand largement à la fin du XVIe siècle. Montaigne, en traversant la Lorraine, voit des sorcières que l'on destine au bûcher. Il parle à l'une d'entre elles, et conclut plutôt à la folie qu'au crime : « je leur eusse plutôt ordonné de l'ellébore que de la ciguë » (III, 314/1032). La possession est pour lui le signe de la « force de l'imagination » (I.21), et non celui de l'action du démon.

La haine de toute forme de violence pousse Montaigne à condamner certaines pratiques sociales parmi les mieux ancrées. Il dénonce par exemple le duel, largement répandu dans la noblesse : il « ne regarde qu'une fin privée, qui nous apprend à nous entre-ruiner, contre les lois et la justice » (II, 463/698). Montaigne rejoint ici les rappels à l'ordre des rois, qui préféraient voir la noblesse combattre pour le royaume plutôt que risquer sa vie pour de futiles querelles d'honneur. D'autres formes de violence sociale, moins graves, lui semblent tout autant condamnables. En réfléchissant sur l'éducation des enfants, Montaigne préconise l'abandon des châtiments corporels : « Ôtez-moi la violence et la force; il n'est rien à mon avis qui abâtardisse et étourdisse si fort une nature bien née » (I, 241/165). Il s'insurge contre la discipline de fer qui règne à ce moment-là dans les collèges : « Quelle manière pour éveiller l'appétit envers leur leçon, à ces tendres âmes et craintives, de les y guider d'une trogne effroyable, les mains armées de fouets ? » (*ibid.*). Par tempérament autant que par réflexion, Montaigne dénonce la violence sous toutes ses formes, parce qu'elle s'oppose aussi bien à la raison qu'à la nature.

CRITIQUE DE LA TYRANNIE

Montaigne avait prévu de republier au cœur de son livre le *Discours de la servitude volontaire* de La Boétie, écrit « à l'honneur de la liberté contre les tyrans » (I, 263/184). Mais les protestants donnèrent à ce texte une dimension polémique en l'utilisant contre les rois de France, dans la décennie qui suivit la Saint-Barthélemy. Montaigne refuse quant à lui d'identifier Charles IX ou Henri III à des tyrans, même s'il s'autorise à critiquer les excès d'une monarchie trop autoritaire.

La réflexion sur le pouvoir prend souvent chez Montaigne, par prudence, le détour de l'histoire ancienne. Dans le chapitre « De l'inégalité qui est entre nous » (I.42), il s'appuie sur les poètes et les philosophes antiques pour dénoncer le faste excessif des empereurs, et la flatterie qui les entoure. Comme Xénophon l'avait montré dans son dialogue *Hiéron*, le tyran se voit privé de toute amitié en raison de la crainte qu'il inspire à tous ceux qui l'approchent (I, 374/266). De même, les rois font l'expérience de « l'incommodité de la grandeur » (III.7), qui les empêche de se mesurer à autrui, dans la joute ou dans la conversation, car chacun leur cède volontairement pour ne pas les offenser. « Ils ont peu de connaissance de la vraie louange » (III, 182/919), puisqu'ils sont toujours encensés, qu'ils le méritent ou non. Dans un régime monarchique, le rôle dévolu aux conseillers est crucial pour réfréner les excès du pouvoir absolu : les rois ont « grand besoin [...] de vrais et libres avertissements » (III, 370/1078). Henri III, à qui Montaigne offre un exemplaire de son livre en 1580, ne pouvait pas aisément trouver ces conseils dans son entourage, peuplé de flatteurs ; Montaigne les lui a proposés, sous forme détournée, dans les exemples antiques qu'il a recueillis et commentés dans les *Essais*.

En revanche, lorsqu'il ne traite plus de la fonction du roi mais des imperfections de sa justice, Montaigne ne craint pas de parler ouvertement. Sa réflexion politique est marquée par une défense intransigeante de la liberté et par une dénonciation corollaire de tout excès de pouvoir, qu'il soit imputable au roi ou à ses serviteurs, les officiers détenteurs d'une charge militaire ou judiciaire : « Je hais toute sorte de tyrannie » (III, 196/931). Son expérience de conseiller au parlement de Bordeaux lui a permis d'observer de près le fonctionnement de l'appareil judiciaire, et la peinture qu'il en fait est marquée par le dégoût et la révolte. « Considérez la forme de cette justice qui nous régit : c'est un vrai témoignage de l'humaine imbécillité [faiblesse], tant il y a de contradiction et d'erreur » (III, 360/1070). Il rapporte en particulier le cas d'une erreur judiciaire manifeste, que les juges ont décidé de dissimuler pour ne pas désavouer leur premier arrêt, entraînant la mort de plusieurs innocents (*ibid.*). Il s'élève alors vigoureusement contre ces « condamnations plus crimineuses que le crime » (III, 361/1071), qui révèlent de manière scandaleuse l'écart entre justice réelle et justice idéale.

Ce mouvement de désillusion va jusqu'à réduire la justice positive à l'arbitraire : « les lois se maintiennent en crédit, non parce qu'elles sont justes, mais parce qu'elles sont lois. C'est le fondement mystique de leur autorité ; elles n'en ont point d'autre » (III, 362/1072). Cette démystification du droit n'aboutit pas cependant à son rejet : car, pour le sceptique qu'est Montaigne, l'obéissance aux lois doit se faire par défaut, pour respecter l'ordre et la tradition, et garantir la paix sociale. La critique de la tyrannie ordinaire des lois n'aboutit donc pas à la révolte, mais à la soumission raisonnée, à l'adhésion distanciée à un système que l'on se permet de questionner librement. Montaigne plaide pour une justice modeste, qui sache reconnaître ses erreurs, ou son ignorance : ainsi face au « cas perplexe[1] » de l'affaire Martin Guerre, dans laquelle un homme, après une longue absence, s'était fait passer pour un autre sans que personne, même sa famille, puisse le confondre, les juges auraient dû

1. Voir S. Geonget, *La Notion de perplexité à la Renaissance*.

renoncer à le condamner à mort, faute de lumières suffisantes (III, 312/1030).

Au-delà des juges, Montaigne s'en prend aux puissants en général, que la faveur du roi a gratifiés de charges qui leur assurent un pouvoir sans rapport avec leurs capacités. L'autorité des grands ne repose pas sur leur sagesse, comme elle le devrait, mais sur la pompe qui entoure le pouvoir et qui impressionne le peuple de manière irrationnelle : « la gravité, la robe et la fortune de celui qui parle donnent souvent crédit à des propos vains et ineptes » (III, 195/930). La « tyrannie effectuelle » se redouble ainsi d'une « tyrannie parlière », le pouvoir s'impose en aveuglant les esprits, par « ces vaines circonstances qui pipent notre jugement par les sens » (III, 196/931). Montaigne fait ainsi une analyse réaliste des rouages de la domination, dans la lignée du *Discours de la servitude volontaire*, dont il a parfaitement assimilé la leçon. Ces critiques contre la tyrannie ordinaire des puissants ne sont pas dirigées contre les rois, même si elles soulignent indirectement leur faiblesse, mais contre les excès structurels de l'État monarchique.

LES LEÇONS POLITIQUES DU NOUVEAU MONDE

Il arrive que la réflexion politique de Montaigne prenne le détour inattendu du Nouveau Monde, dont le miroir éloigné renvoie l'image d'un monde utopique, plus proche des idéaux antiques que l'Europe d'alors, frappée de décadence. Montaigne est frappé par les témoignages concordants que les récits des voyageurs (comme Thevet ou Léry) lui rapportent sur la bravoure des Indiens du Brésil, leur frugalité, leur insouciance. Il ne dissimule pas la cruauté de leurs rites cannibales, mais elle lui paraît moindre que celle des guerres civiles qui déchirent la France : après tout, les Indiens tuent leurs prisonniers sans les torturer vivants, et ils pratiquent une anthropophagie ritualisée, dont le sens est avant tout symbolique[1]. La société indienne lui apparaît comme un monde idéal, désencombré des institutions pesantes qui encadrent la vie européenne : les hiérarchies politiques, les procès, les héritages, le mariage... La nudité même des Indiens symbolise cet affranchissement de tous les liens et de toutes les contraintes qui structurent la vie sociale de la France d'Ancien Régime. Par ces réflexions, Montaigne jette les bases d'un imaginaire utopique qui influencera Shakes-

1. Voir Fr. Lestringant, *Le Cannibale. Grandeur et décadence*, p. 163-189.

peare et plus tard les philosophes des Lumières, au temps où le « bon sauvage » deviendra un mythe politique[1]. Il revient à Montaigne d'avoir expérimenté ce décentrement du regard qui permet à l'Européen, en redécouvrant son continent depuis le point de vue excentré du Sauvage, d'en critiquer les excès avec un regard neuf. À la fin du chapitre « Des cannibales » (I.31), Montaigne rapporte un dialogue qu'il a eu avec des Indiens fraîchement débarqués à Rouen et que l'on avait présentés au roi Charles IX, alors très jeune. Ils font part de leur étonnement de voir tant d'hommes obéir à un enfant, malgré sa faiblesse; et ils trouvent étrange de voir tant de pauvres dans les rues de la ville. Les rois, chez eux, combattent courageusement en tête de leurs troupes, et leur autorité est limitée au temps de guerre; ils n'ont pas de privilèges particuliers, hormis quelques marques purement symboliques. Montaigne ne commente pas ces critiques, d'autant plus incisives qu'elles sont formulées avec une entière naïveté.

1. Voir Dossier, p. 196-197 et 212-213.

Dans le chapitre « Des coches » (III.6), il médite les témoignages de Gomara et de Las Casas sur la violence de la conquête espagnole au Pérou et au Mexique. La supériorité technique des armées européennes, pourvues d'une cavalerie et d'une artillerie, a entraîné la défaite des troupes indiennes, pourtant supérieures en « hardiesse et courage » (III, 170/909).

Il regrette amèrement que la violence et la destruction aient pris la place d'un échange fructueux entre les cultures. Au lieu d'une colonisation pacifique et bienfaisante, l'invasion européenne, gouvernée par la cupidité, n'a apporté qu'une corruption morale généralisée : « nous nous sommes servis de leur ignorance et inexpérience à les plier plus facilement vers la trahison, luxure, avarice et vers toute sorte d'inhumanité et de cruauté » (III, 171/910). Dans des pages d'une vigueur remarquable, Montaigne est l'un des premiers à prendre toute la mesure d'une tragédie planétaire, et à appeler au respect mutuel des cultures. Les *Essais* témoignent ainsi d'une conscience politique aiguë, qui s'exprime par la dénonciation de l'injustice et qui prône la recherche de l'harmonie entre les individus et les cultures.

VII SAGESSE ET ART DE VIVRE

La connaissance de soi à laquelle visent les *Essais* est gouvernée par une finalité éthique. En s'efforçant de connaître son tempérament, ses passions, ses désirs, ses opinions, Montaigne cherche à mieux se gouverner et surtout à s'accepter tel qu'il est. La sagesse comme il la conçoit est un équilibre subtil, mouvant et précaire. Impossible à résumer en quelques sentences détachées de leur contexte, rétive à se laisser systématiser — malgré la tentative de Pierre Charron au début du XVIIe siècle[1] —, elle n'est pas proposée au lecteur comme un modèle constitué, mais comme une enquête, une expérience, dont chacun pourra partager quelques aspects, sans certitude ni dogmatisme.

1. Voir Dossier, p. 193-194.

LEURRES ET FAUSSES VALEURS

La vraie sagesse ne saurait se fonder sur des valeurs transmises sans critique par la tradition ou imposées par les mentalités communes. Le sujet doit être absolument libre de redéfinir lui-même les principes suivant lesquels il veut se comporter : « J'ai mes lois et ma cour pour juger de moi » (III, 48/807). Pour affirmer son autonomie, Montaigne ne craint pas de s'attaquer à l'héritage du premier humanisme : il déconstruit les valeurs qui ont fasciné la Renaissance, la science, la gloire et la vertu.

Le savoir, tout d'abord, ne mène pas forcément au bonheur : il est inutile s'il n'est qu'un objet de parade mondaine, et nocif s'il encombre la mémoire et ralentit le jugement. Dans le chapitre « Du pédantisme » (I.25), Montaigne fait le partage entre la fausse science, qui règne encore sur une grande partie des études de son temps, et la véritable érudition, qu'il n'a observée que chez quelques savants que la nature avait d'elle-même distingués, comme le grand Adrien Turnèbe (I, 210/139). Il critique par ailleurs les juges qui font parade d'une science empruntée et inutile dans leurs arrêts (III, 343/1056), ou les courtisans qui exhibent leur savoir devant les princes (III, 186/923). Un tel étalage de connaissances peut à la rigueur favoriser la réussite sociale; il ne mènera pas au bonheur véritable. Revenant à la leçon de Socrate, Montaigne affirme que la seule science utile est la connaissance de soi : « Je m'étudie plus qu'autre sujet. C'est ma métaphysique, c'est ma physique » (III, 363/1072). Il exalte les vertus d'une « ignorance forte et généreuse, qui ne doit rien en honneur et en courage à la science » (III, 312/1030), retrouvant ainsi l'idéal de la *Docte ignorance* (1440) de Nicolas de Cues. D'où cet éloge paradoxal, au terme d'un livre si riche de lectures diverses : « Ô que c'est un doux et mol chevet, et sain, que l'ignorance et l'incuriosité, à reposer une tête bien faite ! J'aimerais mieux m'entendre bien en moi qu'en Cicéron » (III, 364/1073). L'expérience et l'intuition, plutôt que le savoir livresque, sont les sources primordiales de la connaissance de soi.

La gloire, elle aussi, est l'objet des attaques de Montaigne. Les humanistes des générations précédentes n'avaient pas épargné leurs éloges aux grands capitaines, aux artistes et aux écrivains. La leçon des stoïciens et des cyniques permet à Montaigne de repousser les tentations de la gloire, qui asservit le sujet au jugement d'autrui : « Je ne me soucie pas tant quel je sois chez autrui comme je me soucie quel je sois en moi-même. Je veux être riche par moi, non par emprunt » (II, 379/625). Le renom, comme le nom propre, n'est qu'une réalité langagière, éphémère et volatile (I, 389/279). Montaigne démystifie la gloire, en soulignant que la fortune est seule responsable des succès militaires de César et d'Alexandre (II, 375/622), et que leur renommée n'incombe qu'au hasard. Chez les écrivains, la recherche de la gloire ne mène qu'à la vanité : Cicéron ou Pline, en publiant leur correspondance, ont tenté de tirer quelque renom « du caquet et de la parlerie » (I, 355/249). Mais le désir de la renommée ne saurait fonder un bonheur solide, parce qu'il aliène au lieu de satisfaire :

« la gloire et le repos sont choses qui ne peuvent loger en même gîte » (I, 352/246).

Au-delà de l'éclat de la gloire, et plus radicalement encore, Montaigne met en cause l'existence de la vertu. Il se livre à une déconstruction méthodique de la notion. La vertu que nous présupposons chez les autres, dont le comportement nous semble digne d'éloges, n'est qu'une apparence. Elle est en général le fruit du hasard, le produit de l'intérêt ou de la faiblesse. Les vertus militaires, en particulier, sont la cible de cette entreprise critique. À l'âge de l'artillerie, la survie sur les champs de bataille devient plus le lot du hasard que le fruit de la constance[1]. En lui-même enfin, Montaigne observe que les actions qui paraissent vertueuses sont davantage le produit d'un tempérament, d'une « complexion » (II, 127/427), que d'une décision libre, et ne sauraient fonder un mérite quelconque.

1. Voir U. Langer, *Vertu du discours...*, p. 105-113.

Si les vertus sont ainsi mises en doute dans l'univers quotidien, elles trouvent refuge dans l'histoire. Car, pour Montaigne, les grands héros restent dignes d'admiration[2]. Homère, Alexandre ou Épaminondas font partie de son panthéon personnel (II.36), où figurent aussi les femmes stoïques que furent Arria, l'épouse de Cecinna Paetus, et Pauline, l'épouse de Sénèque, qui se suicidèrent courageusement en même temps que leur mari (II.35). L'histoire contemporaine

2. Voir D. Ménager, « La culture héroïque de Montaigne ».

lui fournit aussi des exemples remarquables : chefs de guerre comme le duc de Guise, le maréchal Strozzi, le duc d'Albe, le connétable de Montmorency ou François de La Noue ; hommes d'État, comme Olivier et L'Hospital ; poètes, comme Dorat, Bèze, Buchanan, L'Hospital encore, Du Bellay et Ronsard ; ou encore savants et intellectuels, comme Adrien Turnèbe ou Marie de Gournay (II, 422/661).

Cependant, les vertus des grands hommes, trop parfaites pour l'humanité ordinaire, ne sont pas proposées à notre imitation[1]. Le mépris de la mort manifesté par Caton d'Utique, lorsqu'il se suicide pour ne pas tomber aux mains de César et pour ne pas survivre à la république, est éblouissant ; mais il dépasse infiniment les possibilités d'une âme ordinaire : « La philosophie m'a fait plaisir de juger qu'une si belle action eût été indécemment logée en toute autre vie qu'en celle de Caton » (II, 124/425). Montaigne admire davantage le courage simple et naturel de Socrate face à une mort inévitable, parce qu'il y voit une vertu plus accessible, plus naturelle et plus douce que celle de Caton. La morale de Montaigne n'est pas une morale de l'édification et de l'enthousiasme, mais une morale fondée sur l'écoute de la nature à travers le corps. La mort fait partie de la vie et elle doit s'accepter comme le terme naturel de son mouvement[2].

La recherche d'une véritable sagesse

1. Voir M. Conche, *Montaigne ou la conscience heureuse*, p. 84.

2. Voir Cl. Blum, *La Représentation de la mort...*, p. 647-793.

passe donc par la destruction des leurres et des fausses valeurs morales : la vaine érudition, le mirage de la gloire, la contingence de la vertu sont ainsi dénoncés. Le moraliste peut alors se consacrer à l'essentiel : chercher une éthique personnelle qui lui permette de maîtriser ses passions, de supporter la peine et de cultiver les vrais plaisirs.

SOUFFRANCES ET CONSOLATIONS

Montaigne ne considère pas la philosophie comme une discipline abstraite et théorique. Il en use comme d'une technique de soi, pour contrôler ses représentations mentales : « J'ordonne à mon âme de regarder et la douleur et la volupté de vue pareillement réglée [...] et pareillement ferme, mais gaiement l'une, l'autre sévèrement [...] autant soigneuse d'en éteindre l'une que d'étendre l'autre » (III, 409/1111). La tâche la plus urgente est bien sûr la lutte contre les passions tristes : deuil, mélancolie, douleur ou crainte. Montaigne en éprouve profondément l'emprise[1]. La nature humaine ordinaire est trop faible pour vaincre la violente passion du deuil. Il faut user avec elle de subterfuges pour l'éloigner, puisqu'on ne peut l'anéantir. La « diver-

1. Voir M. Screech, *Montaigne et la mélancolie*; F. Garavini, *Monstres et chimères.*

sion » (III.4) sert alors de remède provisoire, en substituant à la passion douloureuse une passion plus gaie.

Montaigne applique ce procédé au deuil dont souffre l'une de ses amies, et lui fait oublier pour un instant son chagrin en l'entretenant d'autres sujets (III, 75/831). Il avait expérimenté ce remède sur lui-même, après la disparition de La Boétie, en se faisant amoureux « par étude », pour tenter d'oublier l'ami défunt ou au moins d'échapper à la mélancolie (III, 81/835). La diversion est un remède fragile ; elle met cependant en lumière la fragilité de nos passions elles-mêmes et elle est, par là, messagère d'espoir : le temps apparaît alors comme le « souverain médecin de nos passions » (III, 81/836).

D'autres souffrances sont moins tenaces que le deuil, mais plus aiguës : ainsi la douleur physique, dont Montaigne fait l'expérience, en particulier lors de ses accès de « gravelle » (maladie due à la formation de calculs urinaires). La diversion, ici aussi, peut rendre quelques services : si la douleur est légère, la lecture peut en émousser les « pointures » (III, 70/827). Mais, lors des accès les plus violents, il est difficile de trouver des remèdes aux « cruels efforts » de la souffrance (III, 82/837). Montaigne éprouve à cette occasion l'inanité des consolations que la philosophie oppose à la douleur : lorsque celle-ci est trop intense, les arguments des différentes écoles, « et forts et faibles », ne sont guère plus que des « échappatoires » temporaires (III, 389/1095). Pourtant, au cœur de ses crises, Montaigne se découvre une endurance insoupçonnée. L'expérience même des maux lui apprend comment ils doivent être supportés.

Se sentant vieillir, il recherche dans l'écriture une forme de consolation et de divertissement. C'est ainsi qu'il présente le chapitre « Sur des vers de Virgile » (III.5), consacré aux plaisirs de l'amour, comme une application de la méthode épicurienne de consolation qui consiste à se souvenir des instants de bonheur passés pour les revivre : « je gauchis tout doucement, et dérobe ma vue de ce ciel orageux et nubileux [nuageux] que j'ai devant moi [...] et me vais amusant en la recordation [remémoration] des jeunesses passées » (III, 87/841). Le plaisir intellectuel du souvenir, stimulé par l'écriture, tend à se substituer aux plaisirs de la chair, qui ne sont plus de saison. Montaigne avoue ailleurs qu'il ne les a pas négligés durant sa jeunesse : « je m'y échaudai [...] et y souffris toutes les rages que les poètes disent advenir à ceux qui s'y laissent aller sans ordre et sans jugement. Il est vrai que ce coup de fouet m'a servi depuis d'instruction » (III, 67-68/824). Les plaisirs amoureux, s'ils n'ont rien d'illégitime, doivent pourtant être réglés et mesurés : « L'amour est une agitation éveillée, vive et gaie ; je n'en étais ni troublé, ni affligé, mais j'en étais échauffé et encore altéré : il s'en faut arrêter là ; elle n'est nuisible qu'aux fols » (III, 148/891).

LA SAGESSE DU CORPS

La douleur comme le plaisir nous rappellent que la condition de l'homme est « merveilleusement [étonnamment] corporelle » (III, 195/930). Toute définition valable de la sagesse devra donc intégrer le corps[1], et non l'ignorer, comme ont cru pouvoir le faire les philosophies et les religions ascétiques : « [Je] hais cette inhumaine sapience qui nous veut rendre dédaigneux et ennemis de la culture du corps » (III, 404/1106). Les plaisirs naturels sont « nécessaires et justes » (III, 405/1108) : il ne faut pas les refuser. « La philosophie [...] en prêche la modération, non la fuite » (III, 149/892). De même, la douleur est en grande partie inévitable, et il faut s'y soumettre : « Il faut apprendre à souffrir ce qu'on ne peut éviter. Notre vie est composée, comme l'harmonie du monde, de choses contraires [...] les biens et les maux [...] sont consubstantiels à notre vie. Notre être ne peut sans ce mélange » (III, 383/1090).

1. Voir M. Screech, *Montaigne et la mélancolie*, p. 149.

Il serait illusoire de penser que l'esprit peut imposer sa volonté au corps. La « force de l'imagination » (I.21) illustre de façon spectaculaire « l'étroite couture de l'esprit et du corps s'entre-communiquant leurs fortunes » (I, 168/104) : les maladies du corps contaminent l'esprit, et réciproquement : l'illusion des sens emporte aisément la créance, et une maladie imaginaire peut devenir aussi réelle qu'une véritable. De plus, les opérations des différents organes n'obéissent pas toujours à la volonté : les parties du corps « ont chacune des passions propres, qui les éveillent et endorment, sans notre congé » (I, 166/102). Le membre sexuel est l'exemple le plus notable de cette « indocile liberté » (I, 165/102)[1].

L'esprit ne règne pas sur le corps : dès lors, la sagesse ne peut être conçue sur le mode de la maîtrise tyrannique. Plutôt que de chercher à lui imposer un ordre artificiel, il faut chercher à comprendre la logique du corps. La connaissance approfondie de soi, au sens exigeant où l'entend Montaigne, appelle un bilan précis de sa santé et de son tempérament naturel[2] : il s'y livre avec une précision scrupuleuse dans le dernier chapitre des *Essais* (III.13), en décrivant son régime et ses habitudes de vie. Ses préférences alimentaires, son goût pour l'exercice physique, sa propension à beaucoup dormir sont

1. Voir Fr. Lestringant, « L'action génitale. À propos du plaidoyer pour le membre ».

2. Voir J. Starobinski, *Montaigne en mouvement*, chap. 4.

minutieusement détaillés dans ce bilan de santé qui prend aussi en compte l'évolution de ces paramètres avec le vieillissement. Le corps devient alors non plus un obstacle sur la route de la sagesse, mais le lieu où la nature se fait entendre pour nous inciter à la suivre : « nature est un doux guide [...] prudent et juste » (III, 413/1113). La mort elle-même, qui terrifie l'esprit, nous est rendue plus familière et plus proche par certaines expériences corporelles.

Dans les premiers chapitres des *Essais*, la peur de la mort semble poser un problème redoutable à Montaigne, auquel il cherche une solution dans les philosophies antiques, et en particulier dans le stoïcisme. Cette philosophie conseille de méditer par avance les maux qui doivent advenir, de manière à les rendre moins troublants pour l'esprit. C'est à cet exercice spirituel et philosophique que Montaigne s'attelle dans le chapitre « Que philosopher c'est apprendre à mourir » (I.20). Mais, au fur et à mesure de l'écriture des *Essais*, il prend conscience que ce n'est pas la philosophie qui le fortifie le plus utilement contre la peur de la mort : le cours même de la vie et l'expérience de la vieillesse lui donnent les leçons de sagesse les plus efficaces. Ainsi le sommeil permet d'approcher quotidiennement la mort : « par icelui, nature nous instruit qu'elle nous a pareillement faits pour mourir que pour vivre et, dès la vie, nous présente l'éternel état qu'elle nous garde après icelle, pour nous y accoutumer et nous en ôter la crainte » (II, 61/372). De la même façon, l'expérience fortuite de l'évanouissement, à la suite d'un accident d'équitation (II.6), a révélé à Montaigne que la perte de conscience pouvait faire disparaître la douleur. Les états les plus voisins de la mort s'accompagnent d'une perte de conscience partielle et ne sont pas forcément les plus douloureux (II, 61/372).

Avec le temps, la mort lui semble moins effrayante et plus naturelle : le vieillissement la fragmente en multiples étapes et « soustrait la vie par le menu » (III, 398/1101). La vieillesse est une mort progressive et douce : « La dernière mort en sera d'autant moins pleine et nuisible » (*ibid.*). À cela s'ajoute que les crises de « gravelle » lui rendent aussi, parfois, la mort désirable, comme la fin de toutes les souffrances (III, 82/837). Le corps nous enseigne ainsi une sorte de passivité confiante face à la vieillesse et à la mort.

Au fond, l'esprit est moins sage que le corps : l'imagination grossit démesurément la douleur, avant qu'elle survienne en effet : avant d'être lui-même sujet à la maladie de la pierre (après 1578), Montaigne craignait exagérément la douleur : « la force de mon appréhension enchérissait près de moitié l'essence et vérité de la chose » (II, 62/372). Plus tard, une fois que les crises sont devenues régulières, Montaigne apprend à en supporter le retour avec un stoïcisme de circonstance, en sachant que le soulagement suivra immanquablement la douleur.

La sagesse se définit ainsi comme l'acceptation de notre condition incarnée, dans la douleur comme dans le plaisir, comme un équilibre entre le corps et l'âme : « Que l'esprit éveille et vivifie la pesanteur du corps, le corps arrête la légèreté de l'esprit et la fixe » (III, 413/1114).

CULTIVER LES PLAISIRS

La sagesse telle que l'entend Montaigne consiste aussi à goûter les plaisirs, et en particulier ceux de l'esprit et de la compagnie. Dans le chapitre « De trois commerces » (III.3), il décrit les trois conversations qu'il préfère : avec ses amis, ses amies et ses livres. Il se dit « né à la société et à l'amitié » (III, 66/823).

La relation extraordinaire qu'il connut avec La Boétie (I.28) l'a rendu exigeant : aussi recherche-t-il des « amitiés rares et exquises » (III, 62/820), intellectuellement stimulantes. Le plaisir de la « conférence » [conversation] requiert des interlocuteurs « honnêtes et habiles » (III, 66/824), capables d'argumenter avec rigueur et n'hésitant pas à contredire : « Je cherche à la vérité plus la fréquentation de ceux qui me gourment [malmènent] que de ceux qui me craignent » (III, 188/925).

Avec les amies du sexe opposé, la conversation propose des plaisirs différents. La volonté de séduire n'y est pas absente. Montaigne, à nouveau, est exigeant sur le choix des partenaires : ce « doux commerce » requiert de choisir des « belles et honnêtes femmes » (III, 67/824), que Montaigne trouve dans la noblesse de sa région, à la cour de Navarre ou à la cour de France.

À ces deux genres de conversations, réglées et raffinées, s'en ajoute un troisième, plus libre, qui se goûte dans la solitude : le commerce des livres. Montaigne lit volontiers en voyage, lorsqu'il est plus libre de son temps : « Je ne voyage sans livres ni en paix, ni en guerre » (III, 71/827). La lecture alterne ainsi naturellement avec les rencontres : une même soif de découvrir d'autres vies que la sienne gouverne ces deux activités, qui permettent de « frotter et limer notre cervelle contre celle d'autrui » (I, 226/153). Montaigne a aimé à voyager, pour se soustraire aux soins domestiques et retrouver une forme de liberté (« Quand je voyage, je n'ai à penser qu'à moi », III, 222/955). Le « plaisir du promener » vient ainsi compléter le « plaisir du repos » (III, 216/949).

S'il emporte toujours quelques livres en voyage, Montaigne lit surtout chez lui, dans sa « librairie », riche d'un millier de volumes environ. Les voyages imaginaires permis par la lecture des historiens ou des géographes prolongent les plaisirs du voyage réel, sans présenter les mêmes inconvénients. Il pratique une lecture de plaisir, pour « le jeu et le passe-temps » (III, 73/829), sans s'asservir à la discipline de l'étude, qu'il laisse aux érudits : « Là, je feuil-lette à cette heure un livre, à cette heure un autre, sans ordre et sans dessein, à pièces décousues; tantôt je rêve, tantôt j'enregistre et dicte, en me promenant, mes songes que voici » (III, 71/828). L'écriture naît naturellement de cette conversation avec les livres des Anciens qui sont pour lui comme autant d'amis familiers.

L'ART DE VIVRE

Rien n'est plus simple que de vivre, mais bien vivre requiert une ascèse exigeante : « Il n'est [...] science si ardue que de bien et naturellement savoir vivre cette vie » (III, 409/1110). C'est pourquoi vivre est le fruit d'un art, d'une pratique réglée et réfléchie : « Composer nos mœurs est notre office » (III, 406/1108). Comme le courtisan de Castiglione, l'homme épanoui selon Montaigne doit s'adapter avec souplesse aux différentes circonstances de la vie sociale. Il revient au sage de se constituer « une âme à divers étages » (III, 63/821), pour s'adapter à toutes les situations. Montaigne jette ainsi les bases de l'idéal de l'honnête homme, qui s'imposera au siècle suivant : un homme sans spécialisation ou, mieux, spécialiste de la généralité, capable de briller sur toutes sortes de sujets : « Notre principale suffisance [compétence], c'est savoir s'appliquer à divers usages » (III, 60/818). L'adaptation au temps et aux circonstances devient le critère de la sagesse. Socrate et Épaminondas en sont les plus dignes incarnations, eux qui savent consacrer de leur temps à la danse et à la musique, sans délaisser la vertu pour autant (III, 407/1109).

La sagesse de Montaigne ne se limite pas à la modération ou à la résignation. Elle est bien plutôt une morale de l'assentiment, qui écoute et approuve le mouvement profond de la vie, en cherchant à se mettre au diapason de son harmonie. À qui sait tendre l'oreille, les injonctions de la nature se font entendre à travers le corps. « La vie est un mouvement matériel et corporel, action imparfaite de sa propre essence, et déréglée ; je m'emploie à la servir selon elle » (III, 263/988). Il revient à l'homme de s'adapter à la logique profonde de la vie, sans chercher à lui imposer des valeurs artificielles. À celui qui parvient à vivre ainsi est promis un bonheur immédiat : « C'est une absolue perfection, et comme divine, de savoir jouir loyalement de son être » (III, 415/1115). C'est dans la promenade et la rêverie que Montaigne concilie, comme plus tard Rousseau, le double idéal de l'adaptation et de l'assentiment à la vie : « Quand je danse, je danse ; quand je dors, je dors ; voire et quand je me promène solitairement en un beau verger, si mes pensées se sont entretenues des occurrences étrangères quelque partie du temps, quelque autre partie je les ramène à la promenade, au verger, à la douceur de cette solitude et à moi » (III, 405/1107). Le bonheur immanent de la rêverie concilie les catégories de l'activité et de la passivité, de la volonté et de l'abandon.

Montaigne élargit ce modèle à l'action en général, qui doit être guidée par la confiance en la Fortune. Au plus fort des périls des guerres de Religion, alors que son château est sur le point d'être pris par une troupe d'hommes en armes, Montaigne choisit instinctivement de se laisser conduire par la Fortune, avec passivité et insouciance, plutôt que d'affronter brusquement ses ennemis. Bien lui en prend, puisque sa physionomie confiante et ouverte désamorce leur animosité. « Et suis homme [...] qui me commets volontiers à la fortune et me laisse aller à corps perdu entre ses bras » (III, 349/1060).

L'abandon à la nature n'est pas un asservissement, mais une libération. En effet, tout comme chez les stoïciens l'acceptation rationnelle du destin définit la liberté, chez Montaigne l'homme sage souscrit volontairement à sa nature profonde, dont il a pris conscience grâce au long travail de l'introspection. L'exercice réglé de l'essai lui a permis de comprendre sa nature pour y souscrire ensuite par sa volonté, transformant en une éthique réfléchie ce qui lui était donné au départ comme une nature. L'écriture comme ascèse se dépasse ainsi, se réalise dans cette œuvre d'art éphémère qu'est la vie. « Notre grand et glorieux chef-d'œuvre, c'est vivre à propos » (III, 406/1108).

CONCLUSION

À l'orée de notre modernité, Montaigne est l'inventeur d'une liberté paradoxale. Nourri d'une connaissance sans égale des Anciens, il s'émancipe entièrement de leur tutelle et prétend parler en son nom propre, sans s'abriter derrière aucune forme d'autorité. Il ne se réclame d'aucune vérité transcendante, d'aucun groupe politique ou social. Sa pensée ne s'est laissé enchaîner par aucun présupposé ; elle n'hésite pas à remettre inlassablement en jeu ses propres résultats.

Les *Essais*, œuvre novatrice et dérangeante, furent à la fois immédiatement populaires et en partie incompris. Car les fortunes du texte, dont on trouvera quelques échantillons dans le *Dossier* qui suit, témoignent entre autres des réceptions partielles et des déformations qui affectèrent cette œuvre impossible à systématiser ou à enfermer dans une lecture fixiste. Les libertins puis les philosophes des Lumières se sont taillé un Montaigne à leur usage, en choisissant de n'en retenir que les leçons de relativisme et de scepticisme. À l'inverse, mais d'une façon au fond convergente, les dévots ou les jansénistes se sont récriés devant la désinvolture d'un auteur qui prétendait s'affranchir de toute allégeance automatique au christianisme. Au-delà de ces appropriations idéologiques, qui ont prouvé la force dérangeante d'une œuvre apte à polariser autour d'elle les débats philosophiques des débuts de l'ère moderne, les écrivains se sont intéressés sans faiblir au style de Montaigne, au prix ici encore de certains malentendus, prenant par exemple au pied de la lettre des aveux de vanité et d'égotisme qui sont souvent des formes de modestie, ou tombant dans le piège d'une facilité et d'un naturel moins improvisés qu'il n'y paraît.

Mais l'histoire des lectures de Montaigne n'épuise pas les virtualités de son œuvre, qui offre encore à la critique d'aujourd'hui de vastes chantiers d'interprétation. L'écriture des *Essais* met en jeu un certain nombre de problématiques littéraires qui ont été au centre des débats critiques et théoriques de ces dernières années. C'est ainsi que Montaigne est déjà conscient, à sa manière, de l'intertextualité constitutive de l'œuvre littéraire, et qu'il interroge sans cesse les pratiques de la citation et de la réécriture. De même, l'autoréflexivité du texte, la mise en abyme du travail de l'écrivain dans l'œuvre qui en est le produit, est une caractéristique omniprésente dans l'écriture des *Essais*. Le renouveau de l'histoire de la rhétorique a aussi permis de reconsidérer le rapport ambigu de Montaigne à l'éloquence : bien qu'il soit réticent par rapport à la rhétorique et à ses fastes, Montaigne cherche à inventer une éloquence qui lui soit propre et qui repose davantage sur la séduction que sur la persuasion. Les critiques ont enfin interrogé les *Essais* sous l'angle de l'éthique et des rapports entre droit et littérature. Les *Essais* constituent donc un texte hybride, où les genres et les discours se mêlent et interagissent de manière complexe : récit et poésie, citation et invention, philosophie, droit et littérature y nouent des rapports inédits qui restent en grande partie à explorer.

DOSSIER

I. REPÈRES BIOGRAPHIQUES

On se reportera à la biographie de Montaigne par Pierre Michel, « La vie d'un "honnête homme" », *Essais,* éd. « Folio », t. I, p. 29-42, ainsi qu'à la chronologie, t. III, p. 467-471.

II. TEXTES DE MONTAIGNE EN MARGE DES *ESSAIS*

À côté des *Essais* subsistent d'autres textes de Montaigne (inscriptions, notes manuscrites, lettres, journaux...) qui ont, eux aussi, une dimension autobiographique. Nous avons modernisé les graphies.

INSCRIPTION VOTIVE DU CABINET ATTENANT À LA « LIBRAIRIE »

Lorsqu'il se retire du parlement de Bordeaux, Montaigne a trente-huit ans. Il aménage une bibliothèque et un cabinet de travail au second étage d'une tour d'angle de son château de famille. Dans sa « librairie », il fait inscrire une série de devises en grec et en latin sur les poutres ; dans le cabinet, il fait peindre les murs de fresques et compose une inscription qui marque avec solennité sa décision de changer de vie.

En l'an du Christ 1571, âgé de 38 ans, la veille des calendes de mars, au jour anniversaire de sa naissance, depuis longtemps excédé du service de la Cour [*i.e.* le parlement de Bordeaux] et des affaires publiques, impatient de se blottir, tandis qu'il est encore indemne, dans le giron des doctes vierges [*i.e.* les Muses] où, serein et loin de tout souci, il dépassera enfin le peu de distance qu'il lui reste à parcourir d'un trajet dont il a déjà effectué la majeure partie, pourvu que les destins lui accordent de mener à bien sa course, Michel de Montaigne a consacré ce domicile, ce doux repaire qu'il tient de ses ancêtres, à sa propre liberté, à sa tranquillité et à son loisir.

Trad. A. Legros, *Essais sur poutres*, Klincksieck, 2000, p. 120.

NOTES MANUSCRITES SUR LES *ÉPHÉMÉRIDES* DE BEUTHER

Dans les marges de l'*Ephemeris historica* (1551) de Beuther — un répertoire donnant les principaux événements historiques —, Montaigne a noté certaines dates mémorables touchant sa vie, celle de sa famille et l'actualité politique. Voici quelques-unes de ces annotations :

Montaigne, *Œuvres complètes*, éd. A. Thibaudet et M. Rat, Gallimard, « Bibl. de la Pléiade », 1962, p. 1405-1412 (extraits).

23 septembre.
L'an 1565, j'épousai Françoise de la Chassaigne.

18 juin.
Ce jourd'hui l'an 1568, mourut Pierre de Montaigne mon père âgé de 72 ans 3 mois, après avoir été longtemps tourmenté d'une pierre à la vessie et nous laissa 5 enfants mâles et 3 filles. Il fut enterré à Montaigne au tombeau de ses ancêtres.

28 juin.
1570, naquit de Françoise de la Chassaigne et de moi une fille que ma mère et monsieur le président de la Chassaigne père de ma femme surnommèrent Toinette. C'est le premier enfant de mon mariage. Et mourut deux mois après.

9 septembre.
L'an 1571 sur les deux heures après midi Françoise de la Chassaigne ma femme s'accoucha à Montaigne de ma fille Léonor deuxième enfant de notre mariage que Pierre Eyquem de Montaigne sieur de Gaujac mon oncle et Léonor ma sœur baptisèrent.

1er août.
1581, étant à Lucques [en Italie] je fus élu maire de

Bordeaux en la place de monsieur le maréchal de Biron. Et l'an 1583 fus continué.

26 novembre.
1581, le roi m'écrivit de Paris qu'il avait vu et trouvé très agréable la nomination que la ville de Bordeaux avait fait de moi pour leur maire et me commandait de m'en venir à ma charge estimant que je fusse encore à Rome d'où j'étais déjà parti.

19 décembre.
1584, le roi de Navarre me vint voir à Montaigne où il n'avait jamais été et y fut deux jours servi de mes gens sans aucun de ses officiers, il n'y souffrit ni essai [contre les poisons] ni couvert, et dormit dans mon lit. [...] Au partir de céans je lui fis élancer un cerf en ma forêt qui le promena deux jours.

23 décembre.
1588. Henri duc de Guise à la vérité des premiers hommes de son âge fut tué en la chambre du Roi.

23 juillet.
Samedi à la pointe du jour les chaleurs étant extrêmes 1590 Léonor de Montaigne dame de la Tour ma fille fut conduite en son nouveau ménage.

LETTRE À SON PÈRE SUR LA MALADIE ET LA MORT DE LA BOÉTIE

Le meilleur ami de Montaigne (voir *Essais*, I.28) meurt prématurément, en 1563. Il lui lègue sa bibliothèque et ses manuscrits. Cette lettre, qui relate ses derniers moments, a été publiée par Montaigne en 1570, à la fin de son édition des *Œuvres* de La Boétie.

[...] « Mon frère, dit-il, que j'aime si chèrement, et que j'avais choisi parmi tant d'hommes, pour renouveler avec vous cette vertueuse et sincère amitié, de laquelle l'usage est par les vices dès si longtemps éloigné d'entre nous, qu'il n'en reste que quelques vieilles traces en la mémoire de l'Antiquité : je vous supplie pour signal de mon affection envers vous, vouloir être successeur de ma bibliothèque et de mes livres, que je vous donne ; présent bien petit, mais qui part de bon cœur, et qui vous est convenable pour l'affection que vous avez aux lettres. [...] Qu'on me fasse venir un prêtre, car je ne veux faillir à ce dernier devoir d'un Chrétien. »

Montaigne, *Œuvres complètes*, *op. cit.*, p. 1352-1353.

Sur ce point il finit son propos, lequel il avait continué avec telle assurance de visage, telle force de parole et de voix, que là où je l'avais trouvé, lorsque j'entrais en sa chambre, faible, traînant lentement les mots, les uns après les autres, et ayant le pouls abattu comme de fièvre lente, et tirant à la mort, le visage pâle et tout meurtri, il semblait lors qu'il vînt, comme par miracle, de reprendre quelque nouvelle vigueur : le teint plus vermeil, et le pouls plus fort, de sorte que je lui fis tâter le mien, pour les comparer ensemble. Sur l'heure j'eus le cœur si serré, que je ne sus rien lui répondre.

LETTRE À SA FEMME SUR LA MORT DE LEUR PREMIER ENFANT

Michel de Montaigne et sa femme Françoise ont perdu six filles en bas âge. Une seule a survécu, Léonor, née en 1571. En s'appuyant sur la lecture des *Essais* (I, 115/61 : « j'en ai perdu, mais en nourrice, deux ou trois, sinon sans regret, au moins sans fâcherie »), on a souvent reproché à Montaigne son manque d'intérêt pour ces enfants disparus dans les premiers mois, ce qui arrivait souvent à l'époque. Pourtant, dans le

Beuther **(voir ci-dessus, p. 185-186), Montaigne a pris soin de consigner la date de naissance et le nom de baptême de chacun d'entre eux. En 1570, à la suite du décès de sa première fille, Toinette, âgée de deux mois, il envoie à sa femme une consolation que Plutarque écrivit sur le même sujet. Il accompagne cet opuscule d'une lettre-dédicace :**

Or il vous peut souvenir comme feu Monsieur de La Boétie ce mien cher frère, et compagnon inviolable, me donna mourant ses papiers et ses livres [...]. Je ne veux pas chichement en user moi seul, ni ne mérite qu'ils ne servent qu'à moi. À cette cause il m'a pris envie d'en faire part à mes amis. Et parce que je n'en ai, ce crois-je, nul plus privé que vous, je vous envoie la Lettre consolatoire de Plutarque à sa femme, traduite par lui en Français : bien marri de quoi la fortune vous a rendu ce présent si propre, et que n'ayant enfant qu'une fille longuement attendue, au bout de quatre ans de notre mariage, il a fallu que vous l'ayez perdue dans le deuxième [mois] de sa vie. Mais je laisse à Plutarque la charge de vous consoler, et de vous avertir de votre devoir en cela, vous priant le croire pour l'amour de moi : car il vous découvrira mes intentions, et ce qui se peut alléguer en cela beaucoup mieux que je ne ferais moi-même. Sur ce, ma femme, je me recommande bien fort à votre bonne grâce, et prie Dieu qu'il vous maintienne en sa garde.
De Paris ce 10 septembre 1570,

Votre bon mari,
Michel de Montaigne

Montaigne, *Œuvres complètes*, *op. cit.*, p. 1371.

LE *JOURNAL DE VOYAGE*

De septembre 1580 à novembre 1581, Montaigne voyage en Allemagne, en Suisse puis en Italie. Parti à

cheval avec une troupe d'amis et de connaissances, il visite des églises et des palais, rencontre les élites savantes et intellectuelles, fréquente lieux de pèlerinage et villes thermales. Il commence à dicter son journal de voyage à un secrétaire avant de prendre lui-même la plume, pour coucher par écrit quantité d'anecdotes et d'informations, en français puis en italien. Ce document n'était pas destiné à être publié; il a été exhumé au XVIIIe siècle et édité une première fois en 1774 par Meunier de Querlon.

À Rome, Montaigne visite la bibliothèque Vaticane et découvre ses trésors.

Montaigne, *Journal de voyage*, éd. F. Garavini, Gallimard, « Folio classique », 1983, p. 212.

Le 6 de mars, je fus voir la librairie du Vatican, qui est en cinq ou six salles tout de suite. Il y a un grand nombre de livres attachés sur plusieurs rangs de pupitres; il y en a aussi dans des coffres, qui me furent tous ouverts; force livres écrits à la main, et notamment un Sénèque et les *Opuscules* de Plutarque. J'y vis de remarquable la statue du bon Aristide [rhéteur de Smyrne] à tout [avec] une belle tête chauve, la barbe épaisse, grand front, le regard plein de douceur et de majesté : son nom est écrit en sa base très antique; un livre de Chine, le caractère sauvage, les feuilles de certaine matière beaucoup plus tendre et pellucide [translucide] que notre papier; et parce qu'elle ne peut souffrir la teinture de l'encre, il n'est écrit que d'un côté de la feuille, et les feuilles sont toutes doubles et pliées par le bout de dehors où elles se tiennent. Ils tiennent que c'est la membrane de quelque arbre. J'y vis aussi un lopin de l'ancien papyrus, où il y avait des caractères inconnus : c'est une écorce d'arbre. J'y vis le bréviaire de saint Grégoire, écrit à la main : il ne porte nul témoignage de l'année, mais ils tiennent que de main à main il est venu de lui. C'est un missel à peu près comme le nôtre; et fut apporté au dernier concile de Trente pour servir de témoignage à nos cérémonies. J'y vis un livre de saint Thomas d'Aquin, où il y a des corrections de la main du propre auteur, qui écrivait mal, une petite lettre pire que la mienne.

À Tivoli, Montaigne admire le parc et les fontaines de la villa d'Este.

Il y a des étangs ou des gardoirs, avec une marge de pierre tout autour, avec force piliers de pierre de taille hauts, au-dessus de cet accoudoir, éloignés de quatre pas environ l'un de l'autre. À la tête de ces piliers sort de l'eau avec grand-force, non pas contremont mais vers l'étang. Les bouches étant ainsi tournées vers le dedans et [se] regardant l'une l'autre, jettent l'eau et l'éparpillent dans cet étang avec telle violence que ces verges d'eau viennent à s'entrebattre et rencontrer en l'air, et produisent dans l'étang une pluie épaisse et continuelle. Le soleil tombant là-dessus engendre, et au fond de cet étang et en l'air, et tout autour de ce lieu, l'arc-du-ciel si naturel et si apparent qu'il n'y a rien à dire de celui que nous voyons au ciel. Je n'avais pas vu ailleurs cela. Sous le palais, il y a des grands creux, faits par art, et soupiraux qui rendent une vapeur froide et rafraîchissent infiniment tout le bas du logis ; cette partie n'est pas toutefois parfaite [terminée]. J'y vis aussi plusieurs excellentes statues, et notamment une nymphe dormante, une morte et une Pallas céleste.

Montaigne, *Journal de voyage*, *op. cit.*, p. 234-235.

III. LES PREMIERS LECTEURS (FIN XVIe-DÉBUT XVIIe SIÈCLE)

Dès leur parution, les *Essais* connaissent un succès immédiat. La réputation de ce livre unique en son genre s'étend rapidement en Europe. Montaigne est considéré par ses premiers lecteurs comme un maître de sagesse. Mais les aspects les plus provocants de son écriture lui valent déjà certaines critiques.

LES RÉACTIONS DES CONTEMPORAINS

François de La Croix du Maine (1552-1592) donne en 1584 l'un des premiers témoignages critiques sur les *Essais*. Il a déjà saisi certains traits originaux du livre.

La Bibliothèque du sieur de La Croix du Maine, Paris, L'Angelier, 1584 (extrait reproduit dans O. Millet, *La Première Réception des* Essais *de Montaigne (1580-1640)*, Champion, 1995, p. 53).

Les œuvres qu'il [Montaigne] a mises en lumière sont tellement suffisantes pour témoigner de sa grande doctrine et jugement émerveillable, et encore de sa diverse leçon, ou variété d'auteurs qu'il a lus, qu'il n'est besoin en ceci d'en parler plus avant [...]. [...] si on veut prendre ce mot d'*Essais*, pour coup d'essai, ou apprentissage, cela est fort humble et rabaissé [...] ce livre ne contient autre chose qu'une ample déclaration de la vie dudit sieur de Montaigne et chacun chapitre contient une partie d'icelle : en quoi me plaît fort la réponse que ledit sieur fit au roi de France Henri III, lorsqu'il lui dit que son livre lui plaisait beaucoup. « Sire, répondit l'auteur, il faut donc nécessairement que je plaise à votre majesté, puisque mon livre lui est agréable, car il ne contient autre chose qu'un discours de ma vie et de mes actions » [...] je dirais que si Plutarque est tant estimé pour ses beaux œuvres, que celui-ci le doit être pour l'avoir imité de si près, principalement en ses opuscules.

Étienne Pasquier (1529-1615), historien, épistolier et polémiste, a personnellement connu Montaigne. Plusieurs années après sa disparition, il salue la richesse des *Essais* mais en critique le désordre excessif.

Étienne Pasquier, *Lettre à M. de Pellejay*, *Lettres*, Paris, 1619 (extrait reproduit dans O. Millet, *La Première Réception des* Essais, *op. cit.*, p. 144 et suiv.).

Il était personnage hardi, qui se croyait, et comme tel se laissait aisément emporter à la beauté de son esprit. Tellement que par ses écrits il prenait plaisir de déplaire plaisamment. De là vient que vous trouverez en lui plusieurs chapitres dont le chef ne se rapporte aucunement à tout le demeurant du corps, fors aux pieds, je veux dire aux dix ou douze lignes dernières du chapitre, ou en peu de paroles, vers un autre endroit [...] : *L'Histoire de Spurina*, *Des coches, De la vanité, De la physionomie, De la ressemblance des enfants à leur père, Des boiteux*, et surtout celui *Des vers de Virgile*, qu'il pouvait à meilleur compte intituler *Coq à l'âne.* [...]

J'aime, respecte et honore sa mémoire, autant et plus que nul autre. Quant à ses *Essais* (que j'appelle chefs d'œuvres), je n'ai livre entre les mains que j'ai tant caressé que celui-là. J'y trouve toujours quelque chose à me contenter. C'est un autre Sénèque en notre langue. À toutes ces manières de parler de Gascogne et autres mots inusités [...] j'oppose une infinité de beaux traits français et hardis, une infinité de belles pointes, qui ne sont propres qu'à lui, selon l'abondance de son sens ; et ne me puis encore offenser, quand il se débonde à parler de lui. Cela est dit d'un tel air que j'y prends autant de plaisir comme s'il parlait d'un autre. [...]

Tout son livre [est] comme une prairie diversifiée pêle-mêle et sans art de plusieurs fleurs. Vous n'y rencontrerez que sentences, les unes courtes, les autres plus longues, mais toutes en général pleines de moelle. Et au surplus divers sujets qui en les lisant vous garantissent du sommeil, encore qu'en quelques-uns j'y souhaiterais je ne sais quoi de retranchement, comme au chapitre *Des vers de Virgile*, et surtout en celui du *Boiteux*, car en l'un et l'autre il me semble avoir fait un échange de sa liberté contre une licence extraordinaire.

Marie de Gournay (1566-1645), la jeune amie que Montaigne rencontre en 1588 et dont il fait l'éloge à la fin du chapitre II.17 (p. 423/661), prépare l'édition posthume des *Essais*, qui paraît en 1595. Dans sa préface (remaniée à chaque réédition), elle vante avec enthousiasme le nouveauté de ce livre unique.

Cette égale et plaisante beauté de ce livre, son nouvel air, son intention et sa forme inconnue jusques à nos jours, expriment assez que, quiconque l'ait écrit, l'a conçu. Nouvel air, dis-je : car vous le voyez d'un particulier et spécial dessein, scrutateur universel de l'homme intérieur, et de plus correcteur et fléau continu des erreurs communes. Ses compagnons enseignent la sagesse, il désenseigne la sottise. Il évente cent mines nouvelles, mais combien difficilement éventables. Davantage, il a cela de propre à lui que vous diriez qu'il ait épuisé les sources du jugement, et qu'il ait tant jugé qu'il ne reste plus que juger après.

Marie de Gournay, préface aux *Essais*, version de 1635 (extrait reproduit dans *Les Essais*, éd. Villey/Saulnier, PUF, 1965, p. 1211).

Ami et disciple de Montaigne, Pierre Charron (1541-1603) a publié dans *De la sagesse* (1601) de larges extraits des *Essais*, disposés de manière doctrinale et systématique. L'œuvre, décriée par certains comme un plagiat, a permis la diffusion de la pensée de Montaigne au XVIIe siècle, auprès des libertins comme des dévots.

Les emprunts faits à Huarte, à Bodin, à Du Vair, à Lipse, et surtout à Montaigne sont incorporés au

Christian Belin. *L'Œuvre de Pierre Charron. Littérature et théologie de Montaigne à Port-Royal*, Champion, 1995, p. 34-35.

texte de la *Sagesse,* happés par lui et redigérés. Charron reprend d'ailleurs à son compte, après Montaigne et tant d'autres, la métaphore sénéquienne de l'abeille qui transsubstantie la « quintessence » [*Sagesse,* III, 14] puisée aux fleurs les plus diverses. [...] Charron n'a jamais voulu imiter les *Essais,* encore moins les reproduire, mais simplement les *utiliser*, comme une source inépuisable de réflexions morales.

UNE GÉNÉRATION PLUS TARD : LES HÉRITIERS

Jean-Pierre Camus (1584-1652), évêque et romancier, fait ici l'éloge du style des *Essais* dans une lettre fictive ; il en conseille la lecture formatrice à un jeune noble, Achante.

De vrai, si ma condition avait, comme à vous, attaché mon côté à une épée, et que parmi le loisir de la paix, dont nous jouissons heureusement, je voulusse exercer mon style, mes armes pendantes au croc, je ne penserais pas pouvoir faire un choix plus convenable que de me former totalement aux humeurs, boutades, imaginations, voire paroles de cet auteur-là, comme étant à mon gré le bréviaire des gentilshommes, et où en la forme d'un de cette qualité écrivant de soi, ils apprendraient, ce me semble, à se comporter en leur vie avec beaucoup de vertu et de conduite. C'est un auteur autant savant en l'art de vivre qui s'en puisse voir et qui s'est décrit autant religieusement et franchement que fit jamais homme.

Jean-Pierre Camus, *Les Diversités*, Paris, 1613, livre 29, lettre 106 (extrait reproduit dans O. Millet, *La Première Réception des* Essais, *op. cit.*, p. 162).

Jean-Louis Guez de Balzac (1597-1654), épistolier et essayiste, voit en Montaigne un modèle d'invention et de liberté, même si son langage lui paraît déjà vieilli.

Montaigne sait bien ce qu'il dit; mais, sans violer le respect qui lui est dû, je pense aussi qu'il ne sait pas toujours ce qu'il va dire. S'il a dessein d'aller en un lieu, le moindre objet qui lui passe devant les yeux, le fait sortir de son chemin, pour courir après ce second objet. Mais l'importance est qu'il s'égare plus heureusement qu'il n'allait tout droit. Ses digressions sont très agréables et très instructives. [...] je suis tout à fait pour sa liberté. Ce qu'il dit de ses inclinations, de tout le détail de sa vie privée, est très agréable. Je suis bien aise de connaître ceux que j'estime et, s'il y a moyen, de les connaître tout entiers, et dans la pureté de leur naturel. [...]

[Il] vivait sous le règne des Valois, et de plus il était Gascon. Par conséquent, il ne se peut pas que son langage ne se sente des vices de son siècle et de son pays. Il faut avouer avec tout cela que son âme était éloquente, qu'elle se faisait entendre par des expressions courageuses; que dans son style il y a des grâces et des beautés au-dessus de la portée de son siècle.

Jean-Louis Guez de Balzac, *Dissertations critiques*, 19 et 20, Paris, 1657 (extrait reproduit dans *Les Essais*, éd. Villey/Saulnier, *op. cit.*, p. 1211-1212).

MONTAIGNE OUTRE-MANCHE

En 1603, John Florio publie la première traduction anglaise des *Essais*, sous le titre *The Essayes, or Moral, Politic and Military Discourses of Lord Michael de Montaigne*; c'est dans cette traduction que beaucoup d'écrivains anglais vont découvrir Montaigne. À la fin du siècle, Charles Cotton donnera une nouvelle traduction des *Essais* (1685), plus exacte et moins fleurie.

Avant même que les *Essais* soient traduits en anglais, Francis Bacon (1561-1626) en imite le principe dans ses *Essays* (1597). Composé de brefs chapitres portant sur des sujets moraux et politiques, son livre est augmenté d'édition en édition. En 1625, Bacon cite explicitement

un passage de Montaigne (II, 428/666) dans son premier chapitre, « De la vérité ». L'hommage est ambigu, car si Bacon fait sienne la haine du mensonge manifestée par l'auteur des *Essais*, il se démarque aussi nettement de son scepticisme.

Assurément, il y a des hommes qui se plaisent à tournoyer et tiennent pour servage de fixer leur opinion ; ils aiment le libre arbitre en pensée comme en action. Et les sectes de ces philosophes ont beau avoir disparu, il reste néanmoins de ces esprits vagabonds qui sont de la même veine, encore qu'il y ait chez eux moins de sang que chez les anciens. [...] la recherche de la vérité, qui en est la sollicitation amoureuse, la connaissance de la vérité qui est sa présence, et la croyance à la vérité qui est sa possession, constituent le souverain bien de la nature humaine. [...] Montaigne, se demandant pourquoi ce mot de mensonge est une telle honte et une accusation si odieuse, dit joliment : « Tout bien pesé, dire d'un homme qu'il ment revient à dire qu'il est brave vis-à-vis de Dieu et pleutre vis-à-vis des hommes ». Car le mensonge affronte Dieu et recule devant l'homme. — Assurément on ne saurait exprimer plus fortement la vilenie du mensonge et du parjure que d'y voir le dernier tocsin appelant les jugements de Dieu sur les générations des hommes ; car il est prédit que quand le Christ viendra, « il ne trouvera nulle foi sur la terre ».

Francis Bacon, « De la vérité », *Essais*, trad. M. Castellain, Aubier, 1964, p. 3-7.

Dans *La Tempête* (1611), William Shakespeare (1564-1616) place des mots de Montaigne (dans la traduction de Florio) dans la bouche du vieillard Gonzalo, qui s'imagine créant une société parfaite dans l'île où un naufrage l'a rejeté avec ses compagnons. Cette utopie démarque le modèle des cannibales brésiliens (voir *Essais*, I, 305/206).

Tout dans la société serait institué
À rebours. Car je n'y admettrais
Nulle forme de trafic, nul nom de magistrat ;
Les lettres n'y seraient point connues ; richesse, pauvreté
Et usage de service, aucun ; contrat, succession,
Bornes, limites, labour, vignoble, aucun ;
Nul usage de métal, de blé, de vin ni d'huile ;
Nulle occupation, tous les hommes oisifs, tous ;
Et les femmes aussi — mais innocentes et pures ;
Nulle souveraineté —
[...]
Toutes choses seraient en commun, produites par la nature
Sans sueur ni effort. Trahison, félonie,
Épée, pique, couteau, fusil ou autre machine de guerre,
Je n'en veux point. Mais la nature fournirait tout
D'elle-même à foison et en abondance,
Pour nourrir mon peuple innocent.

William Shakespeare, *La Tempête*, extrait cité et traduit par Fr. Lestringant, *Le Brésil de Montaigne*, Chandeigne, 2005, p. 225-226.

IV. MONTAIGNE AU CENTRE DES POLÉMIQUES (XVIIe SIÈCLE)

Largement diffusée dans la première moitié du XVIIe siècle, l'œuvre de Montaigne doit faire face à des attaques très diverses. Alors que les libertins s'approprient le scepticisme des *Essais*, et y lisent une profession d'incroyance masquée, les dévots et les jansénistes confirment à leur façon cette lecture en condamnant avec violence celui qui à leurs yeux incarne à la fois l'orgueil de la sagesse païenne et la frivolité de l'écriture de soi.

Au même moment, la révolution philosophique inaugurée par Descartes met en question les habitudes de pensée et d'écriture héritées de la Renaissance. Malgré ces bouleversements, les *Essais* conservent leur rayonnement, à la fin du siècle, auprès des moralistes et des gens du monde.

MONTAIGNE LU PAR LES LIBERTINS

Les libertins lisent Montaigne à travers *La Sagesse* de Pierre Charron (voir ci-dessus, p. 193-194), et trouvent chez lui des leçons de scepticisme et de libre pensée. La variation des opinions et des coutumes, la suspension du jugement ou l'éclectisme philosophique que les *Essais* mettent en œuvre contribuent selon leur lecture à mettre l'esprit au-dessus des dogmes de la tradition morale ou politique et à saper les fondements de la foi chrétienne.

Le théoricien politique Gabriel Naudé (1600-1653) met Montaigne et Charron au rang de ses plus grands maîtres — ceux qui lui ont appris à penser de

manière autonome et à s'affranchir de toutes les illusions.

Pour se former et polir le jugement, le premier [précepte] est de s'occuper souvent à la lecture des auteurs qui ont le plus excellé en celui-ci, comme Sénèque, Charron, Montaigne, Vivès, de ces admirables et grands génies de l'histoire.

Gabriel Naudé, *Apologie pour tous les grands personnages qui ont été faussement soupçonnés de magie*, Paris, 1625, chap. I (extrait cité par O. Millet, *La Première Réception des* Essais, *op. cit.*, p. 205).

Sénèque m'a plus servi qu'Aristote ; Plutarque que Platon ; Juvénal et Horace qu'Homère et Virgile ; Montaigne et Charron que tous les précédents.

Gabriel Naudé, *Considérations politiques sur les coups d'État*, Paris, 1639, chap. I (extrait cité *ibid.*, p. 236).

Dans *Les États et Empires de la Lune et du Soleil* de Cyrano de Bergerac (1619-1655), romans rédigés autour de 1650, la satire de l'anthropocentrisme et la critique de la présomption humaine font entendre de lointains échos de l'argumentation que Montaigne avait développée dans l'« Apologie de Raimond Sebond » (II.12). Ces pages, où il n'est pas fait explicitement référence à Montaigne, attestent la diffusion indirecte de ses idées dans les milieux libertins.

Dans le premier de ces romans, le narrateur dénonce :

[...] l'orgueil insupportable des humains, qui leur persuade que la nature n'a été faite que pour eux ; comme s'il était vraisemblable que le soleil, un grand corps quatre cent trente-quatre fois plus vaste que la terre, n'eût été allumé que pour mûrir ses nèfles et pommer ses choux. [...] Comment, en bonne foi, s'imaginer que ces globes si spacieux ne soient que de grandes campagnes désertes, et que le nôtre, à cause que nous y rampons, une douzaine de glorieux coquins, ait été bâti pour commander à tous ? Quoi ! Parce que le soleil compasse nos jours et nos années, est-ce à dire pour cela qu'il n'ait été construit qu'afin que nous ne cognions pas de la tête contre les murs ?

Cyrano de Bergerac, *Voyage dans la Lune*, éd. M. Laugaa, GF/Flammarion, 1970, p. 37.

Dans le second, c'est un oiseau qui prononce au nom des animaux un réquisitoire contre la présomption des hommes.

« [...] l'Homme, dis-je, si sot et si vain, qu'il se persuade que nous n'avons été faits que pour lui; l'Homme qui, avec son âme si clairvoyante, ne saurait distinguer le sucre d'avec l'arsenic, et qui avalera de la ciguë que son beau jugement lui aurait fait prendre pour du persil; l'Homme qui soutient qu'on ne raisonne que par le rapport des sens, et qui cependant a les sens les plus faibles, les plus tardifs et les plus faux d'entre toutes les Créatures; l'Homme enfin que la Nature, pour faire de tout, a créé comme les Monstres mais en qui pourtant elle a infus l'ambition de commander à tous les animaux, de les exterminer. »

Cyrano de Bergerac, *Les États et Empires du Soleil*, éd. B. Parmentier, GF/Flammarion, 2003, p. 133-134.

MONTAIGNE CONDAMNÉ PAR PORT-ROYAL

À l'autre extrémité du spectre idéologique, les jansénistes voient eux aussi en Montaigne un exemple dangereux de scepticisme, d'impiété et de vanité.

C'est le cas par exemple d'Antoine Arnauld (1612-1694) et Pierre Nicole (1625-1695), deux amis de Pascal.

Il parle de ses vices pour les faire connaître, et non pour les faire détester; il ne prétend pas qu'on doive moins l'en estimer; il les regarde comme des choses à peu près indifférentes, et plutôt galantes que honteuses. [...] Mais ce n'est pas le plus grand mal de cet auteur que la vanité, et il est plein d'un si grand nombre d'infamies honteuses et de maximes épicuriennes et impies, qu'il est étrange qu'on l'ait

Antoine Arnauld et Pierre Nicole, *Logique de Port-Royal*, Paris, 1666, IIIe partie, chapitre XX, p. 242 (extrait cité dans *Les Essais*, éd. Villey/Saulnier, *op. cit.*, p. 1213).

souffert si longtemps dans les mains de tout le monde ; et qu'il y ait même des personnes d'esprit qui n'en connaissent pas le venin. Il ne faut d'autres preuves de son libertinage que cette manière même dont il parle de ses vices ; car, reconnaissant en plusieurs endroits qu'il avait été engagé en un grand nombre de désordres criminels, il déclare néanmoins en d'autres qu'il ne se repent de rien et que, s'il avait à revivre, il revivrait comme il a vécu [...] paroles horribles, et qui marquent une extinction entière de tout sentiment de religion.

Dans l'*Entretien avec Monsieur de Sacy*, un texte recueilli par Nicolas Fontaine, et publié seulement au XVIIIe siècle, Blaise Pascal (1623-1662) oppose le scepticisme de Montaigne au stoïcisme d'Épictète : il présente ces deux philosophies comme deux systèmes symétriques, également insuffisants pour penser la nature de l'homme.

Blaise Pascal, *Entretien avec M. de Sacy sur Épictète et Montaigne*, éd. P. Mengotti et J. Mesnard, Desclée de Brouwer, 1994, p. 99-101 et p. 130-131.

[Montaigne] met toutes choses dans un doute universel, et si général que ce doute s'emporte soi-même, c'est-à-dire qu'il doute s'il doute, et doutant même de cette dernière proposition, son incertitude roule sur elle-même dans un cercle perpétuel et sans repos [...]. De sorte que, ne voulant pas dire : « Je ne sais », il dit : « Que sais-je ? » dont il fait sa devise, en la mettant sous des balances qui, pesant les contradictoires, les trouvent dans un parfait équilibre : c'est-à-dire qu'il est pur pyrrhonien. Sur ce principe roulent tous ses discours et tous ses *Essais* ; et c'est la seule chose qu'il prétend y établir, quoiqu'il ne fasse pas toujours remarquer son intention. Il y détruit insensiblement tout ce qui passe pour le plus certain parmi les hommes, non pas pour établir le contraire avec une certitude de laquelle seule il est ennemi, mais pour faire voir seulement que, les apparences étant égales de part et d'autre, on ne sait où asseoir sa créance [...]

Montaigne est incomparable pour confondre l'orgueil de ceux qui, hors la foi, se piquent d'une véritable justice ; pour désabuser ceux qui s'attachent à leurs opinions, et qui croient trouver dans les sciences des vérités inébranlables [...]. [Mais] Montaigne est absolument pernicieux à ceux qui ont quelque pente à l'impiété et aux vices.

Dans les *Pensées* (1670), le jugement de Pascal sur Montaigne est plus sévère. Mais, même s'il condamne sa vanité et sa nonchalance, il reprend et retravaille, implicitement ou explicitement, quantité d'arguments développés par Montaigne.

Ce que Montaigne a de bon ne peut être acquis que difficilement. Ce qu'il a de mauvais, j'entends hors les mœurs, put être corrigé en un moment, si l'on eût averti qu'il faisait trop d'histoires et qu'il parlait trop de soi.

Pascal, *Pensées*, fragment 549, éd. M. Le Guern, Gallimard, « Folio classique », 1977, t. II, p. 128.

Les défauts de Montaigne sont grands. Mots lascifs [...]. Il inspire une nonchalance du salut, « sans crainte et sans repentir ». Son livre n'étant pas fait pour porter à la piété, il n'y était pas obligé ; mais on est toujours obligé de n'en point détourner. On peut excuser ses sentiments un peu libres et voluptueux en quelques rencontres de la vie, mais on ne peut excuser ses sentiments tout païens sur la mort. Car il faut renoncer à toute piété si on ne veut au moins mourir chrétiennement. Or il ne songe qu'à mourir lâchement et mollement par tout son livre.

Fragment 574, *ibid.*, p. 132-133.

La manière d'écrire d'Épictète, de Montaigne et de Salomon de Tultie [pseudonyme de Pascal] est la plus d'usage, qui s'insinue le mieux, qui demeure plus dans la mémoire et qui se fait le plus citer, parce qu'elle est toute composée de pensées nées sur les entretiens ordinaires de la vie [...].

Fragment 628, *ibid.*, p. 150-151.

De la confusion de Montaigne, qu'il avait bien senti le défaut d'une droite méthode. Qu'il l'évitait en sautant de sujet en sujet, qu'il cherchait le bon air. Le sot projet qu'il a de se peindre et cela non pas en passant et contre ses maximes, comme il arrive à tout le monde de faillir, mais par ses propres maximes et par un dessein premier et principal. Car de dire des sottises par hasard et par faiblesse, c'est un mal ordinaire. Mais d'en dire par dessein, c'est ce qui n'est pas supportable et d'en dire de telles que celles-ci.

Fragment 653, *ibid.*, p. 159.

MONTAIGNE APRÈS DESCARTES

La rupture introduite par l'œuvre de Descartes est décisive dans l'histoire de la philosophie. Son œuvre, marquée par la recherche ordonnée de la clarté et de la certitude, contraste vivement avec celle de Montaigne. Le doute systématique de Descartes, qui conduit à la fondation d'une vérité solide, n'a plus grand-chose de commun avec le doute sceptique de Montaigne, qui restait perpétuellement flottant et irrésolu.

Même s'il ne le cite qu'une fois, dans une lettre où il prend position contre lui sur la question de l'intelligence des animaux (au marquis de Newcastle, 23 novembre 1646), René Descartes (1596-1650) a lu et médité la leçon de Montaigne, et ses textes laissent souvent entendre des échos de la sagesse des *Essais*, fût-ce pour la dépasser et la repenser. C'est le cas, par exemple, au début de l'itinéraire intellectuel présenté dans le *Discours de la méthode*, où Descartes semble tirer ses propres conclusions des chapitres « De la coutume » (I. 23) et « Des cannibales » (I. 31).

Il est vrai que, pendant que je ne faisais que considérer les mœurs des autres hommes, je n'y trouvais guère de quoi m'assurer, et que j'y remarquais quasi autant de diversité que j'avais fait auparavant entre les opinions des philosophes. En sorte que le plus grand profit que j'en retirais était que, voyant plusieurs choses qui, bien qu'elles nous semblent fort extravagantes et ridicules, ne laissent pas d'être communément reçues et approuvées par d'autres grands peuples, j'apprenais à ne rien croire trop fermement de ce qui ne m'avait été persuadé que par l'exemple et par la coutume, et ainsi je me délivrais peu à peu de beaucoup d'erreurs, qui peuvent offusquer notre lumière naturelle, et nous rendre moins capables d'entendre raison.

René Descartes, *Discours de la méthode*, éd. F. de Buzon, Gallimard, « Folio essais », 1997, p. 83.

Nicolas Malebranche (1638-1715), prenant acte à la fois des critiques chrétiennes contre Montaigne et du nouvel idéal philosophique proposé par Descartes, lui reproche à la fois son orgueil impie et son manque de rigueur logique.

Montaigne me paraît encore plus fier et plus vain quand il se blâme que lorsqu'il se loue, parce que c'est un orgueil insupportable que de tirer vanité de ses défauts, au lieu de s'en humilier. J'aime mieux un homme qui cache ses crimes avec honte, qu'un autre qui les publie avec effronterie; et il me semble qu'on doit avoir quelque horreur de la manière cavalière et peu chrétienne dont Montaigne représente ses défauts. [...]

Le commun des hommes estime le brillant et non pas le solide, parce que l'on aime davantage ce qui touche les sens que ce qui instruit la raison. Ainsi, en prenant beauté d'imagination pour beauté d'esprit, on peut dire que Montaigne avait l'esprit beau et même extraordinaire. Ses idées sont fausses, mais belles; ses expressions irrégulières ou hardies, mais agréables; ses discours mal rai-

Nicolas Malebranche, *De la recherche de la vérité* (1674), II, *De l'imagination*, III, 5 (extrait cité dans *Les Essais*, éd. Villey/Saulnier, *op. cit.*, p. 1218-1220).

sonnés, mais bien imaginés. On voit dans tout son livre un caractère d'original, qui plaît infiniment ; tout copiste qu'il est, il ne sent point son copiste ; et son imagination forte et hardie donne toujours le tour d'original aux choses qu'il copie.

MONTAIGNE À L'ÂGE DES MORALISTES

Malgré ces diverses attaques, les *Essais* sont toujours considérés par de nombreux auteurs de la fin du XVIIe siècle comme une lecture solide et instructive.

Charles Sorel (vers 1600-1674) conseille la lecture de Montaigne aux personnes de la cour. Il défend son orthodoxie mais condamne son désordre.

Les *Essais* de Michel de Montaigne [...] sont faits sur divers sujets sans ordre ni liaison, et le corps de leurs discours a encore un plus grand mélange. Cela n'empêche pas que des gens de toutes qualités ne les élèvent au-dessus de la plupart des ouvrages qu'ils ont vus, et n'en fassent leur principale étude. [...] L'auteur y entremêle des pensées rares et hardies qui sont toutes de lui, lesquelles ne tendent qu'à faire connaître à l'homme sa faiblesse et sa vanité, et à le porter à la recherche de la vertu et de la félicité par des voies légitimes. [...] Nonobstant tout ce qu'on dit contre Montaigne pour le peu de choix des matières de ses *Essais,* rien ne doit empêcher qu'on n'en fasse estime, puisque les bonnes choses ne laissent pas de s'y trouver en quantité [...]. On souhaiterait seulement qu'il eût un peu plus d'ordre et de retenue dans ses écrits.

Charles Sorel, *Bibliothèque française*, Paris, 1664 (extrait reproduit dans *Les Essais*, éd. Villey/Saulnier, *op. cit.*, p. 1212).

Madame de Sévigné (1626-1696) a aimé lire et relire les *Essais*. Dans une lettre envoyée à sa fille, elle fait

allusion à une anecdote du chapitre « De l'affection des pères aux enfants » (II, 90/395).

Ah, l'aimable homme! Qu'il est de bonne compagnie! C'est mon ancien ami, mais à force d'être ancien, il m'est nouveau. Je ne puis pas lire ce que dit le maréchal de Montluc du regret qu'il a de ne s'être pas communiqué à son fils, et de lui avoir laissé ignorer la tendresse qu'il avait pour lui, sans avoir les larmes aux yeux. Lisez cet endroit-là, je vous prie, et me dites comme vous vous en trouverez. C'est à Mme d'Estissac, *De l'Amour des pères envers leurs enfants.* Mon Dieu, que ce livre est plein de bon sens!

Madame de Sévigné, lettre à Madame de Grignan, 6 octobre 1679, *Correspondance*, éd. R. Duchêne, Gallimard, « Bibl. de la Pléiade », t. II, 1974, p. 697.

Dans une préface écrite pour la première édition des *Maximes* (1665), Henri de La Chapelle-Bessé fait allusion à un chapitre de Montaigne (II.1), avec quelques précautions, et surtout en réinterprétant considérablement sa pensée dans un sens compatible avec l'anthropologie augustinienne développée par La Rochefoucauld.

Montaigne, que j'ai quelques scrupules de vous citer après des Pères de l'Église, dit assez heureusement sur ce même sujet que son âme a deux visages différents, qu'elle a beau se replier sur elle-même, elle n'aperçoit jamais que celui que l'amour-propre a déguisé, pendant que l'autre se découvre par ceux qui n'ont point de part à ce déguisement. Si j'ose enchérir sur une métaphore si hardie, je dirais que l'homme corrompu est fait comme ces médailles qui représentent la figure d'un saint et celle d'un démon dans une seule face et par les mêmes traits. Il n'y a que la diverse situation de ceux qui la regardent qui change l'objet; l'un voit le saint, et l'autre voit le démon.

La Chapelle-Bessé, *Discours sur les réflexions ou Sentences et maximes morales* (1664), publié en préface à la première édition (il disparaîtra ensuite), cité dans La Rochefoucauld, *Maximes*, éd. J. Lafond, Gallimard, « Folio classique », 1976, p. 266.

Et de fait, dans certaines maximes, même s'il ne le cite pas, François de La Rochefoucauld (1613-1680) reprend ou prolonge certaines sentences de Montaigne.

Dans la maxime 92, il reprend une anecdote citée par Montaigne (II, 212/495) :

Détromper un homme préoccupé de son mérite est lui rendre un aussi mauvais office que celui que l'on rendit à ce fou d'Athènes, qui croyait que tous les vaisseaux qui arrivaient dans le port étaient à lui.

La Rochefoucauld, *Maximes*, *op. cit.*, p. 58, 79, 87 et 88.

La maxime 218, empruntée à Du Moulin, retrouve aussi un trait de Montaigne, « la confession de la vertu ne porte pas moins en la bouche de celui qui la hait » (III, 27/790) :

L'hypocrisie est un hommage que le vice rend à la vertu.

De même, la maxime 256 rejoint l'intuition de Montaigne : « La plupart de nos vacations sont farcesques » (III, 289/1011) :

Dans toutes les professions chacun affecte une mine et un extérieur pour paraître ce qu'il veut qu'on le croie. Ainsi on peut dire que le monde n'est composé que de mines.

La maxime 265 réunit deux thèmes chers à Montaigne : la mise en garde contre la sottise (III.8) et la dénonciation des préjugés (I.27) :

La petitesse de l'esprit fait l'opiniâtreté ; et nous ne croyons pas aisément ce qui est au-delà de ce que nous voyons.

Jean de La Bruyère (1645-1696) voit en Montaigne un précurseur. Il se distingue de ses détracteurs (en visant peut-être Nicole et Malebranche) et apprécie son jugement et sa solidité.

Deux écrivains dans leurs ouvrages ont blâmé MONTAIGNE, que je ne crois pas aussi bien qu'eux exempt de toute sorte de blâme : il paraît que tous deux ne l'ont estimé en nulle manière. L'un ne pensait pas assez pour goûter un auteur qui pense beaucoup ; l'autre pense trop subtilement pour s'accommoder de pensées qui sont naturelles.

La Bruyère, *Les Caractères*, I, 44, éd. A. Adam, Gallimard, « Folio classique », 1975, p. 33.

À la fin du XVIIe siècle, la langue de Montaigne paraît vieillie. Pourtant, La Bruyère admire son style et s'amuse à le pasticher, en choisissant pour cela des thèmes qui le rapprochent de ses leçons : la politesse et la sociabilité.

Je n'aime pas un homme que je ne puis aborder le premier, ni saluer avant qu'il me salue, sans m'avilir à ses yeux, et sans tremper dans la bonne opinion qu'il a de lui-même. Montaigne dirait : *Je veux avoir mes coudées franches, et être courtois et affable à mon point, sans remords ne conséquence. Je ne puis du tout estriver [lutter] contre mon penchant, et aller au rebours de mon naturel, qui m'emmeine vers celui que je trouve à ma rencontre. Quand il m'est égal, et qu'il ne m'est point ennemy, j'anticipe sur son accueil, je le questionne sur sa disposition et santé, je luy fais offre de mes offices sans tant marchander sur le plus ou sur le moins, ne être, comme disent aucuns, sur le qui vive [...]. Je ne puis me forcer et contraindre pour quelconque à estre fier.*

La Bruyère, *Les Caractères*, *op. cit.*, V, 30, p. 105-106.

V. LECTEURS DU SIÈCLE DES LUMIÈRES

Montaigne reste très lu au XVIIIe siècle. Dans la lignée des libertins, les philosophes apprécient la franchise de son œuvre et son naturel. Mais on continue de lui reprocher son désordre.

Tout en reconnaissant les attraits du style de Montaigne, Vauvenargues (1715-1747) lui reproche son mépris des règles de l'éloquence.

Vauvenargues, *Fragments*, *Œuvres*, éd. D.-L. Gilbert, Paris, Furne, 1857, p. 274-275.

Montaigne pensait fortement, naturellement, hardiment ; il joignait à une imagination inépuisable un esprit invinciblement tourné à réfléchir. On admire dans ses écrits ce caractère original qui manque rarement aux âmes vraies ; il avait reçu de la nature ce génie sensible et frappant, qu'on ne peut d'ailleurs refuser aux hommes qui sont supérieurs à leur siècle. Montaigne a été un prodige dans des temps barbares ; cependant on n'oserait dire qu'il ait évité tous les défauts de ses contemporains ; il en avait lui-même de considérables qui lui étaient propres, qu'il a défendus avec esprit, mais qu'il n'a pu justifier, parce qu'on ne justifie point de vrais défauts. Il ne savait ni lier ses pensées, ni donner de justes bornes à ses discours, ni rapprocher utilement les vérités, ni en conclure. Admirable dans les détails, incapable de former un tout ; savant à détruire, faible à établir ; prolixe dans ses citations, dans ses raisonnements, dans ses exemples ; fondant sur des faits vagues et incertains des jugements hasardeux ; affaiblissant quelquefois de fortes preuves par de vaines et inutiles conjectures ; se penchant souvent du côté de l'erreur pour contre-peser l'opinion ; combattant par un doute trop universel la certitude; parlant trop de soi, quoi qu'on en dise, comme il parlait trop d'autres choses; incapable de ces passions altières et véhémentes qui sont presque les seules sources du sublime; choquant, par son indifférence et son indécision, les âmes impérieuses et décisives; obscur et fatigant en mille endroits, faute de méthode; en un mot, malgré tous les charmes de sa naïveté et de ses images, très faible orateur, parce qu'il ignorait l'art nécessaire d'arranger un discours, de déterminer, de passionner et de conclure.

Montaigne fait partie des auteurs que Montesquieu (1689-1755) admire.

Pensée n° 887
Dans la plupart des auteurs, je vois l'homme qui écrit; dans Montaigne, l'homme qui pense.

Pensée n° 2095
Les quatre grands poëtes : Platon, le Père Malebranche, milord Shaftesbury, Montaigne.

Montesquieu, *Mes pensées*, *Œuvres complètes*, éd. R. Caillois, Gallimard, « Bibl. de la Pléiade », t. I, 1949, p. 1244 et 1546.

Dans l'article de l'*Encyclopédie* sur le pyrrhonisme, Denis Diderot (1713-1784) fait l'apologie de Montaigne.

Mais parmi les sectateurs du pyrrhonisme, nous avons oublié Michel de Montaigne, l'auteur de ces *Essais* qui seront lus tant qu'il y aura des hommes qui aimeront la vérité, la force, la simplicité. L'ouvrage de Montaigne est la pierre de touche d'un bon esprit. Prononcez de celui à qui cette lecture déplaît qu'il a quelque vice de cœur ou d'entendement; il n'y a presque aucune question que cet auteur n'ait agitée pour et contre, et toujours avec le même air de persuasion. Les contradictions de son ouvrage sont l'image fidèle des contradictions de l'entendement humain. Il suit sans art l'enchaî-

Encyclopédie, article « Pyrrhonienne ou sceptique, Philosophie », reproduit dans Diderot, *Encyclopédie IV (M-Z)*, éd. J. Lough et J. Proust, Hermann, 1976, t. VIII, p. 152-153.

nement de ses idées ; il lui importe fort peu d'où il parte, comme il aille, ni où il aboutisse. La chose qu'il dit, c'est celle qui l'affecte dans le moment. Il n'est ni plus lié ni plus décousu en écrivant, qu'en pensant ou en rêvant. Or il est impossible que l'homme qui pense ou qui rêve soit tout à fait décousu. [...] Quoique rien ne soit si varié que la suite des objets qui se présentent à notre philosophe, et qu'ils semblent amenés par le hasard, cependant ils se touchent tous d'une ou d'autre manière ; et quoiqu'il y ait bien loin de la matière des coches publics à la harangue que les Mexicains firent aux Européens, quand ils mirent le pied pour la première fois dans le nouveau monde, cependant on arrive de Bordeaux à Cusco sans interruption ; mais à la vérité, par de bien longs détours. Chemin faisant, il se montre sous toutes sortes de faces, tantôt bon, tantôt dépravé, tantôt compatissant, tantôt vain, tantôt incrédule, tantôt superstitieux. Après avoir écrit avec force contre la vérité des miracles, il fera l'apologie des augures ; mais quelque chose qu'il dise, il intéresse et il instruit.

Dans *Jacques le Fataliste*, roman fondé sur l'art de la digression, Diderot se réclame de la liberté de ton de Montaigne, en matière sexuelle en particulier. Il paraphrase une page du chapitre « Sur des vers de Virgile » (III, 94/847) selon la technique de l'emprunt déguisé, utilisée par l'auteur des *Essais* (« Ès raisons et inventions que je transplante en mon solage [sol] et confonds aux miennes, j'ai à escient omis parfois d'en marquer l'auteur [...]. Je veux qu'ils donnent une nasarde à Plutarque sur mon nez, et qu'ils s'échaudent à injurier Sénèque en moi », II, 105/408), et prétend lui aussi jouer un bon tour à son lecteur.

Denis Diderot, *Jacques le Fataliste*, éd. Y. Belaval, Gallimard, « Folio classique », 1973, p. 261-262.

Vous prononcez hardiment tuer, voler, trahir, et l'autre vous ne l'oseriez qu'entre les dents ! Est-ce que moins vous exhalez de ces prétendues impuretés en paroles, plus il vous en reste dans la pensée ? Et que vous a fait l'action génitale, si naturelle, si nécessaire et si juste, pour en exclure le signe de vos entretiens, et pour imaginer que votre bouche, vos yeux et vos oreilles en seraient souillés ? [...] Je vous entends encore, vous vous écriez : « Fi, le cynique ! Fi, l'impudent ! Fi, le sophiste !... » Courage, insultez bien un auteur estimable que vous avez sans cesse entre les mains, et dont je ne suis ici que le traducteur. La licence de son style m'est presque un garant de la pureté de ses mœurs ; c'est Montaigne.

Dans le *Supplément au voyage de Bougainville* (1773), Diderot dénonce le danger que fait courir l'expansion européenne aux autres cultures du globe. Il donne la parole à un vieillard tahitien, qui reproche à Bougainville d'apporter avec lui la corruption et la perdition à une société sauvage innocente. Cette antithèse entre le « bon sauvage » et l'Européen corrompu n'est pas sans rappeler les pages tristement prophétiques que Montaigne avait consacrées aux « Cannibales » du Brésil (I.31). Il y déplorait la curiosité qui avait poussé quelques-uns d'entre eux à voyager en Europe, « ignorant combien coûtera un jour à leur repos et à leur bonheur la connaissance des corruptions de deçà [d'ici], et que de ce commerce naîtra leur ruine » (I, 313/213).

Puis, s'adressant à Bougainville, il ajouta : « Et toi, chef des brigands qui t'obéissent, écarte promptement ton vaisseau de notre rive. Nous sommes innocents, nous sommes heureux, et tu ne peux que nuire à notre bonheur. Nous suivons le pur instinct de la nature, et tu as tenté d'effacer de nos âmes son caractère. Ici tout est à tous, et tu nous a prêché je ne sais quelle distinction du tien et du mien. Nos filles et nos femmes nous sont communes, tu as partagé ce privilège avec nous, et tu

Denis Diderot, *Supplément au Voyage de Bougainville*, éd. M. Delon, Gallimard, « Folio classique », 2002, p. 40.

es venu allumer en elles des fureurs inconnues. Elles sont devenues folles dans tes bras, tu es devenu féroce entre les leurs ; elles ont commencé à se haïr ; vous vous êtes égorgés pour elles, et elles nous sont revenues teintes de votre sang [...].»

Jean-Jacques Rousseau (1712-1778), grand lecteur de Montaigne par ailleurs, tient à démarquer énergiquement son projet autobiographique de celui de son illustre devancier.

Les plus sincères sont vrais tout au plus dans ce qu'ils disent, mais ils mentent par leurs réticences, et ce qu'ils taisent change tellement ce qu'ils feignent d'avouer, qu'en ne disant qu'une partie de la vérité ils ne disent rien. Je mets Montaigne à la tête de ces faux sincères qui veulent tromper en disant vrai. Il se montre avec des défauts, mais il ne s'en donne que d'aimables ; il n'y a point d'homme qui n'en ait d'odieux. Montaigne se peint ressemblant mais de profil. Qui sait si quelque balafre à la joue ou un œil crevé du côté qu'il nous a caché, n'eut pas totalement changé sa physionomie. Un homme plus vain que Montaigne mais plus sincère est Cardan. Malheureusement ce même Cardan est si fou qu'on ne peut tirer aucune instruction de ses rêveries.

Jean-Jacques Rousseau, *Préambule du manuscrit de Neuchâtel* (1764), *Œuvres complètes*, éd. B. Gagnebin et M. Raymond, Gallimard, « Bibl. de la Pléiade », t. I, 1959, p. 1150.

[...] mon but [...] est de me rendre compte des modifications de mon âme et de leurs successions. Je ferai sur moi-même à quelque égard les opérations que font les physiciens sur l'air pour en connaître l'état journalier. J'appliquerai le baromètre à mon âme, et ces opérations bien dirigées et longtemps répétées me pourraient fournir des résultats aussi sûrs que les leurs. Mais je n'étends pas jusque-là mon entreprise. Je me contenterai de tenir le registre des opérations sans chercher à les réduire en système. Je fais la même entreprise que

Jean-Jacques Rousseau, *Les Rêveries du promeneur solitaire, Première promenade*, *Œuvres complètes*, *op. cit.*, p. 1000-1001.

Montaigne, mais avec un but tout contraire au sien : car il n'écrivait ses essais que pour les autres, et je n'écris mes rêveries que pour moi.

En répliquant à Pascal (voir ci-dessus, p. 202-203), Voltaire (1694-1778) fait l'éloge de Montaigne, dont l'égocentrisme ne le gêne aucunement.

Le charmant projet que Montaigne a eu de se peindre naïvement comme il a fait ! Car il peint la nature humaine ; et le pauvre projet de Nicole, de Malebranche, de Pascal, de décrier Montaigne !

Voltaire, *Lettres philosophiques* (1734), vingt-cinquième lettre, « Sur les *Pensées* de M. Pascal », *Mélanges*, éd. J. Van den Heuvel, Gallimard, « Bibl. de la Pléiade », 1961, p. 127.

Il fait de son style un éloge mesuré.

Montaigne, avant [Corneille], était le seul livre qui attirât l'attention du petit nombre d'étrangers qui pouvaient savoir le français ; mais le style de Montaigne n'est ni pur, ni correct, ni précis, ni noble. Il est énergique et familier ; il exprime naïvement de grandes choses. C'est cette naïveté qui plaît ; on aime le caractère de l'auteur ; on se plaît à se retrouver dans ce qu'il dit de lui-même, à converser, à changer de discours et d'opinion avec lui. J'entends souvent regretter le langage de Montaigne ; c'est son imagination qu'il faut regretter : elle était forte et hardie ; mais sa langue était bien loin de l'être.

Voltaire, *Discours de réception à l'Académie*, 9 mai 1746, *Mélanges*, *op. cit.*, p. 244.

Jean-François Marmontel (1723-1799) recueille en 1787 les articles qu'il avait écrits pour l'*Encyclopédie*. Il réfléchit à l'évolution du goût et aux changements qui ont affecté la langue française depuis l'époque où écrivit Montaigne.

Jean-François Marmontel, *Essai sur le goût*, *Éléments de littérature*, éd. S. Le Ménahèze, Desjonquères, 2005, p. 56-57.

C'est la souplesse et la vérité qui font la grâce et le charme du style ; c'est par ses modulations qu'il s'élève ou s'abaisse au gré de la pensée, et qu'il se met d'accord avec les caractères et à l'unisson des sujets. Or, une langue n'est susceptible de ces convenances du style qu'autant qu'elle a des tons gradués et distincts, depuis l'humble jusqu'au sublime, depuis le populaire jusqu'à l'héroïque, et qu'elle a de même des modes analogues à la douceur, à la mollesse, à l'énergie, à tous les sentiments, à toutes les passions, à tous les mouvements de l'âme ; et c'est ce qui manquait, même à la langue de Montaigne. Cette langue est franche, énergique et d'un tour pittoresque, mais elle est trop souvent ignoble ; et quoique par sa liberté, sa familiarité même, elle plaise dans des écrits dont l'abandon est le caractère, il n'en est pas moins vrai que dans les genres qui demandent toutes les nuances du style et toutes ses délicatesses, dans les sujets surtout où la majesté du langage en est la bienséance, cette familiarité continue aurait été peu convenable. Lorsque Montaigne fait parler Auguste à Cinna [I, 193/125], ou qu'Amyot traduit quelques vers d'Euripide, il n'est personne qui ne sente combien ce vieux langage manque de dignité. Qu'on ne m'accuse pas de vouloir déprimer deux écrivains si recommandables : ce vieux naturel de leur style a son attrait, et je le sens ; mais plus il était convenable dans un récit naïf et simple, et dans le libre épanchement des pensées d'un philosophe, moins il était propre à la majesté de l'éloquence et de la poésie ; et Montaigne lui-même nous l'aurait avoué, lui qui a si bien apprécié les écrivains de l'antiquité, même du côté du langage [...]. Je dirai plus : si du temps de Montaigne quelqu'un avait été capable d'assigner à la langue ses divers caractères, et d'en classer les mots, les tours et les images, comme on a fait depuis, pour varier les tons et les degrés du style, c'eût été Montaigne lui-même ; mais son inclination pour un genre d'écrire libre, indolent, abandonné, coulant de source au gré de son humeur et de sa fantaisie, l'éloignait trop de ces recherches.

VI. LECTEURS DU XIXe ET DU XXe SIÈCLE

Au XIXe siècle, la critique érudite approfondit la connaissance de Montaigne et les *Essais* font régulièrement l'objet de rééditions. Les écrivains, les philosophes et les artistes ont chacun leur façon de s'approprier Montaigne.
Au détour d'une enquête sur la théorie des couleurs, Goethe (1749-1832) rapproche le projet autobiographique de Montaigne de celui de Jérôme Cardan (1501-1576) et de Benvenuto Cellini (1500-1571).

[Au sujet de Cardan] nous avons bien souvent pensé à Cellini, et cela d'autant plus qu'ils ont vécu à la même époque. Leurs biographies — ou leurs confessions, comme on peut aussi bien les nommer — se ressemblent d'ailleurs bien souvent, en ce que leurs auteurs, serait-ce pour les condamner, parlent de leurs fautes avec quelque délectation, et qu'une certaine complaisance pour ce qu'ils ont accompli se mêle toujours à leur repentir. Ici, souvenons-nous encore de l'un de leurs jeunes contemporains, Michel de Montaigne, qui, avec une clarté parfaite, rend excellemment compte de ses particularités propres ainsi que des bizarreries de l'humanité ; aussi ne trouvera-t-on peut-être pas insignifiante la remarque que les secrets qui avaient jusque là été confiés en tremblant au prêtre dans son confessionnal, furent ensuite exposés au monde entier avec une sorte d'audacieuse confiance. En ce sens, une comparaison des soi-disant confessions de tous les temps fournirait assurément de beaux résultats.

J. W. Goethe, *Matériaux pour l'histoire de la théorie des couleurs* (1810), trad. M. Élie, Toulouse, Presses universitaires du Mirail, 2003, p. 174-175.

Gustave Flaubert (1821-1880) pratique volontiers son Montaigne. Il apprécie chez lui aussi bien le sage que le psychologue.

[...] je me récrée à lire le sieur de Montaigne dont je suis plein, c'est là mon homme. En littérature, en gastronomie il est certains fruits qu'on mange à pleine bouche, dont on a le gosier plein et si succulents que le jus vous entre jusqu'au cœur. Celui-là en est un des plus exquis.

Gustave Flaubert, lettre à Ernest Chevalier, Rouen, 11 octobre 1839, *Correspondance*, éd. J. Bruneau, Gallimard, « Bibl. de la Pléiade », t. I, 1973, p. 52.

Je relis du Montaigne. C'est singulier comme je suis plein de ce bonhomme-là ! Est-ce une coïncidence, ou bien est-ce parce que je m'en suis bourré toute une année à 18 ans, où je ne lisais *que lui* ? Mais je suis ébahi, souvent, de trouver l'analyse très déliée de mes moindres sentiments ! Nous avons mêmes goûts, mêmes opinions, même manière de vivre, mêmes manies. — Il y a des gens que j'admire plus que lui, mais il n'y [en] a pas que j'évoquerais plus volontiers, et avec qui je causerais mieux.

G. Flaubert, lettre à Louise Colet, 28 octobre 1853, *Correspondance*, *op. cit.*, t. II, 1980, p. 460.

Je lis du Montaigne maintenant dans mon lit. Je ne connais pas de livre plus calme et qui vous dispose à plus de sérénité. Comme cela est sain et *piété* ! Si tu en as un chez toi, lis de suite le chapitre de Démocrite et Héraclite. Et médite le dernier paragraphe. Il faut devenir stoïque, quand on vit dans les tristes époques où nous sommes.

G. Flaubert, lettre à Louise Colet, 26 avril 1853, *Correspondance*, *op. cit.*, t. II, p. 317.

Le poète et moraliste américain Ralph W. Emerson (1803-1882), lui-même auteur d'*Essais* (1841-1844), trouve en Montaigne un modèle.

Enfant, il m'était resté de la bibliothèque de mon père un volume dépareillé de la traduction des *Essais* par Cotton. Il demeura longtemps voué à l'oubli, et ce ne fut que bien des années après que, nouvellement échappé du collège, je le lus et me

R. W. Emerson, *Les Représentants de l'humanité*, trad. fr. P. de Boulogne, « Montaigne ou le sceptique », Paris, A. Lacroix, Verboeckhoven et Cie, 1863, p. 182, 185 et 188-189.

procurai les autres volumes. Je me rappelle encore le plaisir et l'étonnement dans lesquels je vécus en compagnie de ce livre. Il me semblait l'avoir écrit moi-même dans une existence antérieure, tellement il répondait sincèrement à ma pensée et à mon expérience. [...]

Montaigne est le plus franc et le plus honnête de tous les écrivains. Sa liberté française tombe dans la grossièreté ; mais il a prévenu toute censure par la bonhomie de ses propres confessions. [...]

Les *Essais* sont [...] un agréable soliloque sur tous les sujets qui, d'aventure, traversent l'esprit de Montaigne, et il les traite sans cérémonie, mais toutefois avec une mâle judiciaire. Il a existé des hommes d'un savoir plus profond, mais on peut affirmer qu'il n'y en a jamais eu d'une telle abondance de pensées ; il n'est jamais fade, jamais insincère, et il a le talent d'intéresser le lecteur à tout ce qui l'intéresse lui-même. La sincérité et la moelle de l'homme pénètrent ses sentences. Je ne connais pas de livre qui paraisse moins écrit. C'est le langage de la conversation traduit en livre. Coupez les mots et ils saigneront, tellement ils sont vasculaires et vivants.

Le diariste suisse Henri-Frédéric Amiel (1821-1881) voit en Montaigne un précurseur ; il admire son style, même s'il est plus circonspect sur sa manière de penser.

[...] relu beaucoup de chapitres des *Essais* de Montaigne. J'ai admiré cette abondance de contrastes concis, rendus plus sensibles par la symétrie verbale et même par l'assonance syllabique. J'ai noté aussi la richesse luxuriante des idées secondaires, qui affluent, bouillonnent et s'éparpillent par voie d'allusions, de parenthèses, de digressions, de citations, dans le style aventureux du Gascon. Montaigne a le bonheur des formules et l'invention des

H.-F. Amiel, *Journal intime*, t. V, éd. A. Cottier-Duperrex et P. M. Monnier, Lausanne, L'Âge d'Homme, 1983, 26 janvier 1864, p. 306.

traits, c'est-à-dire le génie de la conversation ; mais le flot oratoire, l'art didactique, l'architecture littéraire lui font complètement défaut. Il est puni par où il péchait. Fuyant la peine, la liaison, la déduction, son ouvrage a dû, comme lui-même, rester ondoyant, méandrique, contradictoire. Épicurien de la méditation, il n'a donné que des jets de verve dans toutes les questions qu'il traite et ne conclut rien.

H.-F. Amiel, *Journal intime*, *op. cit.*, 21 septembre 1864, p. 578.

Ma manière habituelle ici, dans ces pages, à présent que j'y pense, procède un peu à la façon des *Essais* de Montaigne, au talent près. La plume va sans fin et à l'abandon. Les réflexions se croisent et s'entassent. Et le résultat pour l'auteur, c'est simplement de se mieux connaître. Procédé charmant pour la paresse ; mais qui ne vaut sans doute que ce qu'il coûte. — Si des cahiers pareils d'un autre me tombaient entre les mains, me plairaient-ils ? Je n'en sais rien. Pourtant, je le crois ; car tout ce qui est intime m'attire. La vie de l'âme est une de mes études favorites et le dedans des choses est ce que j'en goûte encore le plus avidement. Je suis grignoteur de pépins, friand de noyaux et déchiffreur de caractères, par inclination. Donc un journal intime me serait gourmandise, et six mille pages m'en feraient un trésor.

Friedrich Nietzsche (1844-1900) goûte particulièrement la lecture des classiques français. L'énergie de Montaigne et sa lucidité le séduisent, même si la distance de la langue peut occasionner quelques malentendus : dans la seconde citation, la traduction d'un passage du chapitre « Sur des vers de Virgile » est assez éloignée de l'original (« je ne le puis si peu raccointer [fréquenter] que je n'en tire cuisse ou aile », III, 128/875) !

Fr. Nietzsche, *Ecce Homo*, trad. J.-C. Hémery, Gallimard, « Idées », 1974, p. 44.

Au fond, ce à quoi je reviens toujours, c'est un petit nombre de Français anciens : je ne crois qu'à la culture française — hors de cela, tout ce qu'on appelle en Europe « culture » repose selon moi sur un malentendu, sans même parler de la culture allemande... [...] j'ai quelque chose de la pétulance de Montaigne dans l'esprit — et qui sait ? — peut-être dans le corps [...].

Je ne connais qu'un seul écrivain que, pour l'honnêteté, je place aussi haut, sinon plus haut que Schopenhauer : c'est Montaigne. En vérité, du fait qu'un tel homme a écrit, le plaisir de vivre sur cette terre en a été augmenté. Pour ma part, du moins, depuis que j'ai fait connaissance avec cette âme, la plus libre et la plus vigoureuse qui fût, il me faut dire de lui ce qu'il dit de Plutarque : « À peine ai-je jeté les yeux sur lui qu'il me pousse une jambe ou une aile ». C'est à côté de lui que je me rangerais si le devoir m'imposait de se choisir une patrie sur la terre. Outre l'honnêteté, Schopenhauer a encore une autre qualité en commun avec Montaigne : une joviale sérénité qui a le don de rendre serein.

Fr. Nietzsche, *Considérations inactuelles*, III, 2, *Œuvres*, trad. fr. sous la dir. de M. de Launay, Gallimard, « Bibl. de la Pléiade », p. 587, t. I, 2000.

Pour Alain (1868-1951), auteur de *Propos* dont la forme libre et l'éclectisme rappellent les *Essais*, Montaigne est un maître à douter.

C'est un homme qui pense véritablement, non pour les autres, mais pour lui-même, et qui fait l'inventaire de ses pensées, qui les pèse, qui les étire, qui les passe au feu de la critique, sans égards, sans respect. C'est quand on le suit que l'on saisit bien ce qu'il faut de force humaine pour douter. Douter est un travail de force, comme forger.

Alain, *Propos*, 8 juin 1912, éd. M. Savin, Gallimard, « Bibl. de la Pléiade », t. I, 1956, p. 135.

Dans une conférence prononcée en 1909, Anatole France (1844-1924) rend hommage à la fois à Rabelais et à Montaigne, qu'il aime chacun pour leurs qualités opposées.

Mais quel contraste entre le Tourangeau solide, massif, compact, carré, rude, coloré, et le souple Gascon, ondoyant et divers ! Montaigne est certes d'un entretien agréable et profitable ; mais il est difficile à saisir ; il glisse, il échappe. Il n'y a que les professeurs qui soient sûrs de le comprendre parce que leur profession est de tout comprendre. Je le pratique, je l'aime, je l'admire, mais je ne suis pas sûr de le bien connaître. Son esprit change d'une phrase à l'autre et parfois dans le cours d'une phrase qui n'a même pas besoin d'être très longue. S'il est vrai qu'il s'est peint dans ses *Essais,* il y a donné de lui une image plus brisée que la lune sur les flots.

Anatole France, *Rabelais ou l'Esprit français*, Éd. de l'Arsenal, 1994, p. 201.

La romancière anglaise Virginia Woolf (1882-1941), dont l'écriture tente de traduire le flux de la conscience, admire en Montaigne l'un des grands maîtres de l'introspection.

[...] cette façon de parler de soi en suivant ses propres caprices, en donnant à l'ensemble du croquis le poids, la couleur et la circonférence de l'âme dans sa confusion, sa variété, son imperfection, un tel art n'appartient qu'à un seul homme : Montaigne. Depuis des siècles, les gens se sont toujours pressés en foule devant ce tableau, en sondant les profondeurs, y voyant le reflet de leur propre visage, et ils y voient d'autant plus de choses qu'ils le regardent plus longtemps, sans jamais pouvoir dire exactement ce qu'ils y voient. [...] la plume est un instrument rigide ; elle peut dire très peu de choses ; elle a toutes sortes d'habitudes et de conventions bien à elle. [...] C'est la raison pour laquelle Montaigne se détache de la multitude des morts avec une vivacité aussi irrésistible. On ne peut douter un instant qu'il était tout entier dans son livre. Il refusait d'enseigner ; il refusait de prêcher ; il passait son temps à dire qu'il était un homme ordi-

Virginia Woolf, « Montaigne », 1924, repris dans *Le Commun des lecteurs*, 1925, trad. fr. Céline Candiard, L'Arche, 2004, p. 77-78.

naire. Il mettait tout son effort à se mettre par écrit, à se communiquer, à dire la vérité, et c'est là une épineuse entreprise, plus encore qu'il ne semble ».

André Gide (1869-1951), romancier et autobiographe, se livre ici à une comparaison entre Proust et Montaigne, qui figurent tous les deux parmi ses écrivains préférés.

Dans la *Recherche du temps perdu,* [...] il semble que tour à tour chaque page du livre trouve sa fin parfaite en elle-même. De là cette extrême lenteur, ce non-désir d'aller plus vite, cette satisfaction continue. Je ne connais pareil nonchaloir qu'à Montaigne, et c'est pourquoi sans doute je ne puis comparer le plaisir que je prends à lire un livre de Proust qu'à celui que me donnent les *Essais.* Ce sont des œuvres de long loisir. Et je ne veux point dire seulement que l'auteur pour les produire dut se sentir l'esprit parfaitement désengagé de la fuite des heures, mais qu'elles exigent aussi bien pareille désoccupation du lecteur. Tout à la fois elles l'exigent et l'obtiennent; c'est là leur plus réel bienfait. [...] Il est étrange que de tels livres viennent à une heure où l'événement triomphe partout de l'idée, où le temps manque, où l'action moque la pensée, où la contemplation ne semble plus possible [...].

André Gide, « Billet à Angèle », *N.R.F.*, mai 1921, repris dans *Essais critiques*, éd. P. Masson, Gallimard, « Bibl. de la Pléiade », 1999, p. 292.

Grand lecteur de l'édition critique des *Essais* par F. Strowski (Bordeaux, 1906-1920), qui reproduit en détail les corrections manuscrites de Montaigne sur l'exemplaire de Bordeaux, Gide souligne l'importance du travail d'écriture de Montaigne, dont le style n'est spontané qu'en apparence.

Et encore Montaigne s'y prend-il à deux fois; n'ayant d'abord écrit que : « Parce c'estoit lui », il se

A. Gide, « Montaigne », *Commerce*, hiver 1928, note ajoutée en 1929, article repris dans *Essais critiques*, *op. cit.*, p. 1177-1178.

ravise plus tard et ajoute encore : « Parce que c'estoit moy. » Il m'importe de constater ce lent travail et ces reprises, non certes que j'en veuille tirer argument pour me persuader de n'aimer point beaucoup cette phrase (du moins pas autant qu'on a coutume), mais bien pour montrer que les « cris du cœur » qui paraissent les plus authentiques ne sont pas forcément les plus spontanés, et que la sincérité de Montaigne est, comme il advient souvent, lentement et laborieusement obtenue, ou que du moins l'expression parfaite de cette sincérité n'est que le résultat d'un patient travail — tout comme certains des vers les plus exacts de Baudelaire (et parfois aussi de Hugo) et qui semblent les plus inspirés, je veux dire : directement jaillis.

On ne s'attendrait pas à trouver trace des *Essais* dans l'œuvre du romancier Louis-Ferdinand Céline (1894-1961). Dans *Voyage au bout de la nuit* (1932), le médecin Ferdinand Bardamu est sous le choc du décès du jeune Bébert, qu'il avait tenté de soigner. Toute consolation lui paraît vaine, alors qu'il met la main sur une édition des œuvres de Montaigne. Il y trouve la lettre que Montaigne envoya à sa femme, après la mort de leur première fille [et non fils, comme l'écrit Céline] âgée de deux mois, avec la traduction d'une consolation de Plutarque par La Boétie (voir ci-dessus, p. 187-188).

En jouant des écarts de style et de langue, Céline se livre ici à une parodie désabusée des *topoi* de la rhétorique classique de la consolation. Montaigne, pourtant, s'abstenait d'y avoir recours, évitant toute effusion convenue, et préférant par pudeur céder la parole à Plutarque. Mais la charge de Céline ne s'embarrasse pas de ces nuances.

Louis-Ferdinand Céline, *Voyage au bout de la nuit*, Gallimard, « Bibl. de la Pléiade », 1962, p. 285-286.

Sous le pont, l'eau était devenue toute lourde. J'avais plus du tout envie d'avancer. Aux boulevards, j'ai bu un café crème et j'ai ouvert ce bouquin qu'elle m'avait vendu. En l'ouvrant, je suis juste tombé sur une page d'une lettre qu'il écrivait à sa femme le Montaigne, justement pour l'occasion d'un fils à eux qui venait de mourir. Ça m'intéressait immédiatement ce passage, probablement à cause des rapports que je faisais tout de suite avec Bébert. « Ah ! qu'il lui disait le Montaigne, à peu près comme ça à son épouse. T'en fais pas va, ma chère femme ! Il faut bien te consoler !... Ça s'arrangera !... Tout s'arrange dans la vie... Et puis d'ailleurs, qu'il lui disait encore, j'ai justement retrouvé hier dans des vieux papiers d'un ami à moi une certaine lettre que Plutarque envoyait lui aussi à sa femme dans des circonstances tout à fait pareilles aux nôtres... Et que je l'ai trouvée si joliment bien tapée sa lettre ma chère femme, que je te l'envoie sa lettre !... C'est une belle lettre ! D'ailleurs je ne veux pas t'en priver plus longtemps, tu m'en diras des nouvelles pour ce qui est de guérir ton chagrin !... Ma chère épouse ! [...] Prenez-en connaissance ma chère femme ! Lisez-la bien ! Montrez-la aux amis. Et relisez-la encore ! Je suis bien tranquille à présent ! Je suis certain qu'elle va vous remettre d'aplomb ! Votre bon mari. Michel. » Voilà que je me dis moi, ce qu'on peut appeler du beau travail. Sa femme devait être fière d'avoir un bon mari qui s'en fasse pas comme son Michel. Enfin, c'était leur affaire à ces gens. On se trompe peut-être toujours quand il s'agit de juger le cœur des autres. Peut-être qu'ils avaient vraiment du chagrin ? Du chagrin de l'époque ?

Mais pour ce qui concernait Bébert, ça me faisait une sacrée journée. Je n'avais pas de veine avec lui Bébert, mort ou vif. Il me semblait qu'il n'y avait rien pour lui sur la terre, même dans Montaigne.

Stefan Zweig (1881-1942) a fui le nazisme aux États-Unis puis au Brésil. Il relit Montaigne et trouve en lui un contemporain, semblablement attaché à préserver sa liberté intérieure dans un temps de crise.

[...] dans Montaigne ne m'émeut et ne m'occupe aujourd'hui que ceci : comment, dans une époque semblable à la nôtre, il s'est lui-même libéré intérieurement et comment, en le lisant, nous pouvons nous-mêmes nous fortifier à son exemple. Je vois en lui l'ancêtre, le protecteur et l'ami de chaque *homme libre* sur terre, le meilleur maître de cette science nouvelle et pourtant éternelle qui consiste à se préserver soi-même de tous et de tout. Peu d'hommes sur terre se sont battus avec plus de loyauté et d'acharnement pour préserver leur moi le plus intime, leur *essence* de tout mélange, de toute atteinte venue de l'écume trouble et malsaine des agitations du temps, et peu ont réussi à sauver du temps qu'ils ont vécu, pour toute la durée des temps, ce moi le plus profond.

Stefan Zweig, *Montaigne*, trad. fr. J.-J. Lafaye et F. Brugier, PUF, 1982, p. 24-25.

Le cinéaste américain Orson Welles (1915-1985) révèle dans un entretien que les *Essais* figurent parmi ses livres de chevet.

Montaigne ? Vous avez dit Montaigne ? C'est mon auteur préféré, vous savez. [...] pour moi, Montaigne est le plus parfait écrivain que le monde ait produit. Je le lis littéralement chaque semaine, à la façon dont les gens lisent la Bible, pas très longtemps ; j'ouvre mon Montaigne, lis une page ou deux, au moins une fois par semaine, pour le plaisir, comme ça. Pour moi, il n'y a pas de plus grande joie au monde. [...] En français, pour le plaisir d'être en sa compagnie. Ce n'est pas tellement pour ce qu'il raconte, mais c'est un peu comme d'attendre un ami, vous savez. Pour moi, c'est quelque chose de merveilleux, de très cher. J'ai de l'affection pour Montaigne. C'est un grand ami de ma vie. Et, par plusieurs côtés, il rejoint l'esprit de Shakespeare, la violence en moins.

Entretiens avec Orson Welles, par André Bazin, Charles Bitsch et Jean Domarchi, repris dans André Bazin, *Orson Welles*, Éd. du Cerf, 1972, p. 165.

VII. MONTAIGNE ET LA CRITIQUE (XIXe-XXe SIÈCLE)

Depuis deux siècles, la critique explore les *Essais* et en propose des interprétations renouvelées, comblant peut-être ainsi le souhait de leur auteur, qui attendait de ses « suffisants lecteurs » qu'ils se montrent dignes de lui, en prêtant à son œuvre les « sens » et les « visages » qui leur sembleraient les plus « riches » (I, 196/127).

Dans sa somme consacrée à Pascal et au jansénisme, Charles-Augustin Sainte-Beuve (1804-1869) consacre de longs développements à Montaigne.

Il y a du Montaigne en chacun de nous. Tout goût, toute humeur et passion, toute diversion, amusement et fantaisie, où le christianisme n'a aucune part et où il est comme non advenu, où il est, non pas nié, non pas insulté, mais ignoré par une sorte d'oubli facile et qui veut se croire innocent, tout état pareil en nous, qu'est-ce autre chose que du Montaigne? [...] Ne nous étonnons pas que Pascal ait eu tant de peine à se débarrasser de lui, Montaigne étant encore moins la philosophie que la nature : c'est le *moi.* Ce n'est la philosophie, en un sens, que parce qu'on a déjà chez lui la nature toute pure qui se décrit et se raconte.

Sainte-Beuve, *Port-Royal*, Paris, Hachette, 1842 (extrait reproduit dans *Causeries sur Montaigne*, éd. F. Rigolot, Champion, 2003, p. 100-101).

Montaigne a eu, plus qu'aucun peut-être, ce don d'exprimer et de peindre; son style est une figure perpétuelle, et à chaque pas renouvelée; on n'y reçoit les idées qu'en images; et on les a, à chaque moment, sous des images différentes, faciles et transparentes pourtant. À peine un court intervalle nu et abstrait, la simple largeur d'un fossé, le temps

Sainte-Beuve, *Port-Royal, op. cit.*, p. 124-125.

de sauter ; et l'on recommence. Une quelconque de ses pages semble la plus fertile et la plus folle prairie [...]. Il n'avait pas la conception d'ensemble ni l'invention d'un vaste dessein ; à quoi bon tant combiner et se tant lasser ? L'invention du détail et le génie de l'expression lui tenaient lieu des autres parties, il le savait bien ; il rachetait sans peine et retrouvait tout par là [...]. La *couture* de l'idée à l'image est si en dedans qu'on ne la voit ni qu'on n'y songe : pensée, image, chez lui, c'est tout un [...]. Quant à la couture *de l'image à l'image,* il la supprime et va son train de l'une à l'autre, enjambant comme un Basque agile, d'un jarret souple, d'un pied hardi.

Grand spécialiste de la littérature française du XVIe siècle, Émile Faguet analyse ici l'art de la digression chez Montaigne, qu'il compare à celui du romancier anglais Sterne, auteur de *Tristram Shandy* (1760).

Quelque charmant que soit Sterne, comparez ses « longueries » à celles de Montaigne, et vous conviendrez que Montaigne cause longtemps, mais que chaque propos est court, et qu'il met longtemps à faire dix pas, mais que chaque pas et chaque geste est d'une exquise vivacité ; et que cela semble inexplicable, je dirai que c'est où il a mis son secret. Sa méthode ordinaire est la digression insensible qui nous mène loin du sujet sans que nous nous apercevions que nous l'avons quitté, et sans que nous puissions jamais aviser le point juste où il a commencé de se détourner de son chemin. Cette digression elle-même est très surveillée et n'est aucunement hasardeuse, comme on le reconnaît quand on la surveille soi-même. Elle ramène insensiblement au sujet comme imperceptiblement elle l'a laissé. [...] À bien voir, la digression est pour Montaigne un procédé de développement.

Émile Faguet, *Seizième siècle. Études littéraires*, Paris, 1893 (extrait reproduit dans *Autour de Montaigne*, éd. A. Compagnon, Champion, 1999, p. 76).

Elle consiste à battre le champ autour du propos principal et à s'y ramener de temps en temps avec le bénéfice de toute l'exploration dans ses alentours et ses dépendances.

Maître de toute une génération de critiques, Gustave Lanson (1857-1937) analyse avec érudition la prose d'art des grands classiques.

Montaigne, à le prendre dans l'idée banale qu'on s'en fait couramment, est un nonchalant qui couche toutes ses fantaisies par écrit, comme elles lui viennent. [...] Ce n'est pas le vrai Montaigne. Sans parler de l'effort sérieux, puissant de pensées que la richesse et la profondeur des *Essais* révèlent, — on ne va pas si loin en s'amusant, sans le vouloir, — le style n'est pas une causerie négligemment improvisée. Les négligences sont voulues, du moins acceptées avec réflexion. Montaigne a choisi sa forme. Il l'a corrigée. On a montré qu'il avait fait, d'une édition à l'autre, non pas seulement des rectifications d'idées, mais souvent de pures corrections de style, c'est-à-dire des retouches d'artiste. Il s'était donné un idéal de style, qu'il a tâché, avec réflexion et avec énergie, de réaliser.

Gustave Lanson, *L'Art de la prose*, 1908, rééd. Fayard, 1920, p. 45.

La somme de Pierre Villey, parue en 1908, a permis d'identifier pour une grande part les livres que Montaigne a lus et possédés. Il a tenté de reconstituer la chronologie de ses lectures et, au-delà, l'évolution de la pensée de Montaigne, qui serait passée par trois phases distinctes, que Fortunat Strowski avait déjà distinguées : les premiers *Essais*, impersonnels, seraient très marqués par l'influence de Sénèque et de Plutarque ; une crise sceptique surviendrait autour de 1576, provoquée par la lecture de Sextus Empiricus ; une dernière phase, concrétisée par l'édition de 1588 et bien visible dans le livre III, aurait recentré l'écriture sur la peinture du « moi », et

développerait par ailleurs une philosophie de la nature inspirée par l'épicurisme. Cette théorie évolutionniste, par trop schématique et linéaire, est aujourd'hui dépassée. Mais Pierre Villey avait lui-même tenté d'assouplir ce modèle dans la seconde édition de son livre, en 1933.

Je souligne que j'ai intitulé ce livre non l'évolution de Montaigne, mais l'évolution des *Essais*. Ce sont les transformations de l'œuvre qu'il retrace, beaucoup plus que les transformations d'un homme déjà formé. Cherchez-y non des métamorphoses, mais le mouvement d'une pensée qui fait effort pour se saisir, pour prendre possession de soi. Partie à la conquête d'elle-même, cette pensée éclaire tantôt l'une de ses tendances, tantôt une autre. Ce qu'elle découvre en elle à chaque étape, elle l'était déjà en puissance ; et chaque étape marque un progrès, un enrichissement, car c'est en profondeur qu'elle avance. Dans le Moi que le troisième livre nous fait connaître subsiste une imagination qui s'enflamme aisément, à la manière de Sénèque, pour les grands héros de l'Antiquité, avec une défiance toutefois qui provient d'une expérience plus consciente des forces du Moi. Et si la suspension du jugement n'est plus du tout cette suspension totale que Montaigne a professée un moment avec Pyrrhon, l'esprit critique, dont Montaigne avait donné tant de marques bien avant la crise pyrrhonienne et que la crise pyrrhonienne a seulement aiguisé, le conservatisme politique et religieux, auxquels elle a donné de plus solides fondations, se retrouveront jusqu'à la fin, et sans aucun fléchissement, dans les *Essais*.

Pierre Villey, *Les Sources et l'évolution des* Essais *de Montaigne*, 2e éd., Paris, Hachette, 1933, Avant-propos, p. VI.

Albert Thibaudet (1874-1936) a laissé à sa mort des notes manuscrites que Floyd Gray s'est chargé d'éditer. Il dégage ici l'importance des *Essais* dans l'histoire littéraire française.

C'est avec les *Essais* de Montaigne que la littérature française prend la conscience et assume le rôle d'une littérature d'idées. [...] Les idées entrent dans la réalité littéraire moins par leur force logique que par leur humanité, par les vitamines qu'elles tiennent de la chaleur propre et du soleil intérieur d'un individu. Pour donner à la littérature d'idées le choc initial, il fallait non le livre d'un idéologue, d'un penseur, mais le livre d'un homme, qui n'eût pas d'autre but que de se dire, de se peindre. [...] Le moi de Montaigne est un moi vivant en tant qu'il fait de l'individu Montaigne le premier homme moderne que nous connaissions par le détail. Ce moi a réussi, dans les *Essais,* parce qu'il est tout le contraire d'un moi solitaire et incommunicable, qu'il est apporté et formé par l'esprit du dialogue, c'est-à-dire qu'il est surtout un moi humain, où, par une destinée extraordinaire, les lecteurs les plus différents, les tempéraments les plus contraires, ont pu se reconnaître.

Albert Thibaudet, *Montaigne*, éd. F. Gray d'après des notes manuscrites, Gallimard, 1963, p. 568-569.

Dans son histoire du réalisme littéraire, Erich Auerbach (1892-1957) consacre un chapitre à Montaigne. Il analyse ainsi son apport à l'évolution de la littérature occidentale :

Montaigne est le premier auteur qui écrivit pour cette catégorie des *honnêtes gens* [...] et avec le succès des *Essais,* ce public cultivé prit conscience pour la première fois de son existence. Montaigne n'écrit ni pour une classe déterminée, ni pour des spécialistes d'aucune sorte, ni pour le « peuple », ni pour les chrétiens. Il n'écrit pas davantage pour un parti. Il ne se considère pas comme un poète. Il écrit le premier livre d'introspection profane, et voici qu'il se trouve des hommes et des femmes qui se sentent concernés par ce qu'il dit.

Erich Auerbach, *Mimésis. La représentation de la réalité dans la littérature occidentale* (1949), trad. fr. C. Heim, Gallimard, « Tel », 1968, p. 309.

[...] c'est Montaigne qui, de tous ses contemporains, aperçut le mieux le problème de l'autodéter-

E. Auerbach, *Mimésis*, *op. cit.*, p. 312.

mination de l'homme, c'est-à-dire le devoir qui lui est imposé de vivre sa vie sans qu'il puisse se reposer sur des points d'appui fixés une fois pour toutes. Avec Montaigne, la vie de l'homme, sa propre vie contingente prise dans son ensemble, devient pour la première fois problématique au sens moderne.

Dans son *Montaigne*, publié au lendemain de la Seconde Guerre mondiale, Hugo Friedrich (1904-1978) voit à l'œuvre dans les *Essais* une dialectique entre l'humiliation et l'affirmation de l'homme.

Hugo Friedrich, *Montaigne* (1949 et 1967), trad. fr. R. Rovini, Gallimard, « Tel », 1968, p. 156.

Nous avons montré par quelle voie Montaigne parvient à sa vision concrète de l'homme. C'est une voie qui, par le fidéisme et la critique de la connaissance, mène au bas-fond de la condition infirme des créatures. C'est là qu'il rencontre l'homme tel qu'il est. Il découvre que ses faiblesses tracent le contour sûr de sa réalité. Il s'arrête et le considère. Il s'enfonce dans son être compliqué, et il constate que son humiliation, obtenue par les moyens de la théologie chrétienne et les arguments antiques, est une porte ouverte, le prélude d'une affirmation qui dit à l'homme humilié : sois ce que tu es, sois-le entièrement, connais-toi toi-même et fie-toi à la nature qui t'a fait tel que tu es. Finis, le désespoir, la nostalgie du salut, le soupçon que notre existence contingente pourrait être la chrysalide d'une forme d'être supérieure à laquelle nous pourrions nous élever dans ce monde ou dans l'autre. Ce oui est la condition qui rend seule possible l'anthropologie descriptive de Montaigne. [...] Ce n'est pas l'homme exceptionnel, mais bien l'homme ordinaire qui paraît dans les *Essais,* merveille des merveilles. Il ne s'agit que de trouver le bon éclairage pour que ce miracle de banalité nous plonge dans l'étonnement.

Les *Essais* constituent le point de départ des *Études sur le temps humain* de Georges Poulet, qui analyse dans son premier chapitre la dynamique de la pensée de Montaigne.

Ainsi, par un jeu continu, la pensée s'engage et se déprend, se noue et se dénoue, fait ses prises et retourne à la disponibilité. [...] L'esprit n'est fidèle à soi-même, et ne se continue donc identique à soi-même, que s'il conserve et accroît toujours son pouvoir d'appréhension. Or il ne l'a qu'à condition de voir se renouveler perpétuellement son objet; qu'à condition de renouveler perpétuellement son action sur l'objet; de rester toujours en exercice. Mais, dès lors, cet exercice, en tant qu'il se continue et continue toujours l'esprit, donne à celui-ci une assise. Du flux de la durée où était plongé l'esprit, grâce à l'exercice que l'esprit y opère, voici qu'émerge en cet esprit, se précise, se forme et s'affermit enfin une pensée de soi, toujours libre et toujours fidèle à soi [...].

Georges Poulet, *Études sur le temps humain*, Plon, 1950, p. 15.

Le philosophe Maurice Merleau-Ponty (1908-1961) s'intéresse en phénoménologue à la conception montanienne de la vérité.

On croit avoir tout dit de lui en disant qu'il est sceptique, c'est-à-dire qu'il s'interroge et ne répond pas, refusant même d'avouer qu'il ne sait rien, et se tenant au célèbre « que sais-je ? ». Tout cela ne va pas loin. Le scepticisme a deux faces. Il signifie que rien n'est vrai, mais aussi que rien n'est faux. Il rejette comme absurdes *toutes* les opinions et *toutes* les conduites, mais il nous ôte par là le moyen d'en rejeter aucune comme fausse. Détruisant la vérité dogmatique, partielle ou abstraite, il insinue l'idée d'une vérité totale, avec toutes les facettes et toutes les médiations nécessaires. S'il multiplie les contrastes et les contradictions,

Maurice Merleau-Ponty, « Lecture de Montaigne », *Éloge de la philosophie et autres essais*, Gallimard, « Folio essais », 1960, p. 265.

c'est que la vérité l'exige. Montaigne commence par enseigner que toute vérité se contredit, peut-être finit-il par reconnaître que la contradiction est vérité.

En mettant au jour l'archéologie de la notion de folie, Michel Foucault souligne la rupture survenue entre l'âge où pensait Montaigne et celui qui s'ouvre avec l'œuvre de Descartes.

Michel Foucault, *Histoire de la folie à l'âge classique* (1961), Gallimard, « Tel », 1998, p. 68-69.

Quand Montaigne rencontrait le Tasse [II, 207/492], rien ne l'assurait que toute pensée n'était pas hantée de déraison. Et le peuple ? Le « pauvre peuple abusé de ces folies » ? L'homme de bien est-il à l'abri de ces extravagances ? Il est « pour le moins aussi à plaindre » lui-même. Et quelle raison pourrait le faire juger de la folie ? « La raison m'a instruit que de condamner aussi résolument une chose pour fausse et impossible, c'est se donner l'avantage d'avoir dans la tête les bornes et les limites de la volonté de Dieu et de la puissance de notre mère Nature et n'y a pourtant de plus notable folie au monde que de les ramener à la mesure de notre capacité et suffisance » [I, 258/179]. Parmi toutes les autres formes de l'illusion, la folie trace un des chemins du doute les plus fréquentés encore par le XVIe siècle. On n'est pas toujours sûr de ne pas rêver, jamais certain de n'être pas fou : « Que ne nous souvient-il combien nous sentons de contradiction en notre jugement même » [I, 262/182] ?

Or, cette certitude, Descartes, maintenant, l'a acquise, et la tient solidement : la folie ne peut plus le concerner. Ce serait extravagance de supposer qu'on est extravagant ; comme expérience de pensée, la folie s'implique elle-même, et partant s'exclut du projet. Ainsi le péril de la folie a disparu de l'exercice même de la Raison. [...] La problématique de la folie — celle de Montaigne — est modifiée par là même. D'une manière presque imperceptible sans doute, mais décisive. La voilà placée dans une région d'exclusion dont elle ne sera affranchie que partiellement dans la *Phénoménologie de l'esprit*. La Non-Raison du XVIe siècle formait une sorte de péril ouvert dont les menaces pouvaient toujours, en droit au moins, compromettre les rapports de la subjectivité et de la vérité. Le cheminement du doute cartésien semble témoigner qu'au XVIIe siècle le danger se trouve conjuré et que la folie est placée hors du domaine d'appartenance où le sujet détient ses droits à la vérité : ce domaine qui, pour la pensée classique, est la raison elle-même. Désormais la folie est exilée. Si *l'homme* peut toujours être fou, la *pensée*, comme exercice de la souveraineté d'un sujet qui se met en devoir de percevoir le vrai, ne peut pas être insensée. Une ligne de partage est tracée qui va bientôt rendre impossible l'expérience si familière à la Renaissance d'une Raison déraisonnable, d'une raisonnable Déraison.

Le philosophe Marcel Conche réfléchit sur la singularité de la pensée de Montaigne, qui semble jouir d'une liberté inaccoutumée.

Marcel Conche, *Montaigne ou la Conscience heureuse* (1964), PUF, 2002, p. 71.

La philosophie se confond avec la vie d'une intelligence : il n'y a pas de philosophie, il n'y a plus qu'une vie philosophique. Cette vie est liberté, et Montaigne est la liberté même. La pensée qui va de vérités en vérités forge ainsi ses propres chaînes — dans la mesure où il ne lui est pas permis de douter des « résultats acquis ». Mais Montaigne ne dispose jamais de cette première vérité qui serait la première limite à sa liberté, il n'a jamais aucun appui dans aucun acquis, il commence toujours à partir de rien puisqu'il ne sait rien. Une pensée qui ne garde rien de ses trouvailles, ne se sent jamais liée à ses propres créations, ne peut qu'être perpétuellement commençante. Pour Montaigne c'est toujours le matin de la pensée, et chaque phrase de lui est une naissance : non seulement éclosion de pensées mais naissance à la pensée.

En prenant en compte la dimension autoréflexive du texte, le livre de Jean-Yves Pouilloux a transformé notre façon de lire les *Essais*.

Protocole de lecture.

Jean-Yves Pouilloux, *Montaigne. L'éveil de la pensée* (1969), Champion, 1995, p. 77-78.

Il s'agit, en tout et pour tous, de passer de la vérité des choses à la rigueur de la pensée des choses. D'une opinion, on ne saurait toujours dire qu'elle soit vraie ou fausse, mais on a à dire si elle est juste ou injuste, si elle est formulée avec rigueur selon ses propres principes ou avec folie en dépit de ses propres axiomes. Si le doute est le membre universel de la logique des *Essais,* c'est que toute pensée n'est garantie que par le mécanisme qui la produit. La force corrosive d'une telle proposition justifie toute impudeur, tout anti-conformisme d'un discours qu'on veut toujours réduire à un discours éthique. Je pose la thèse suivante : tout discours des *Essais* possède un double statut, assume une double fonction. 1) Donner un « état présent » de mes opinions sur tous les sujets qui peuvent bien se présenter à moi quand j'en suis à écrire. Cet « état présent » infiniment divers et variable produit un *sens* auquel on a voulu s'arrêter, et auquel on s'est arrêté effectivement. D'où un Montaigne stoïcien, sceptique, épicurien, politique, religieux, moraliste, naturaliste, etc., toutes catégories à l'intérieur desquelles les *Essais* offraient matière à débat contradictoire ; et pour cause. 2) Tout discours des *Essais* se présente en même temps comme matière du discours critique, discours critique, lui-même, sur sa propre matière. La variété des opinions contradictoires sur un même sujet devient dans une étape seconde, mais simultanée, sujet d'un second discours, mais non séparé du premier.

Antoine Compagnon souligne la singularité du rapport de Montaigne à l'intertexte.

Sans doute l'entreprise de Montaigne, la relation des troubles de mémoire de ses lectures, pourrait-elle en grande partie s'expliquer par l'époque de transition à laquelle elle participe; par l'élargissement (l'extension) du texte préalable et par son affolante hétérogénéité — il y a un vertige de Montaigne devant l'immense *corpus* livresque —, par le relâchement du contrôle médiéval sur l'écriture [...] et par la figuration encore incertaine et peu codifiée de la personne écrivante, du sujet de l'énonciation. Tous traits qui contribuent au laxisme d'un régime intérimaire d'écriture. Pour reprendre une distinction faite par Michel Foucault [dans *Les Mots et les Choses*], les *Essais* ne sont plus *commentaire* (le modèle de l'écriture médiévale) et point encore *critique* (le modèle de l'écriture classique). Les ranger à tout prix d'un côté ou de l'autre, ce serait forcer leur hétérodoxie, réduire leur spécificité, bref, les détruire. Les *Essais* sont uniques en leur genre dans l'histoire de la littérature : ils ne relèvent d'aucun genre, mais d'une forme passagère qui est celle d'un entre-deux-genres [...].

Antoine Compagnon, *La Seconde Main ou le Travail de la citation*, Seuil, 1979, p. 302.

Pour Jean Starobinski, l'unité de l'œuvre de Montaigne se laisse saisir dans une série d'attitudes mentales et scripturaires récurrentes, qui engagent un rapport de la conscience à soi et au monde. Il réfléchit ici sur l'intuition du mouvement.

« *La vie est un mouvement matériel et corporel* » (III.9.988). Un mouvement charnel, qui engage et manifeste sans cesse la présence du corps. Mais, ailleurs, Montaigne décrit un autre mouvement, destructeur de toute consistance et cohérence matérielles, une volubilité extrême, qui se manifeste dans une série d'instants discontinus dont la

Jean Starobinski, *Montaigne en mouvement* (1982), Gallimard, « Folio essais », 1993, p. 429-433.

somme ne parvient jamais à « continuer un corps » [I, 340/236]. Le corps ne s'y affirme pas, n'y rassemble pas ses énergies : nous nous laissons emporter dans une « rêverie sans corps ». L'homme perd pied dans l'espace mobile et indéfini qu'il devient pour lui-même.

Cette double intuition du mouvement, alimentée par l'expérience sensible, donne lieu à un foisonnement d'images dynamiques qui développent les figures opposées de la passivité et de la tension active, dans un espace magnifiquement suscité et peuplé par le langage. On voit ainsi alterner un mouvement-écoulement où se dissipe mollement toute forme, et un mouvement-geste où l'être assume la forme volontaire de son acte, s'y retient et coïncide sans difficulté avec son expérience motrice. Tantôt, en effet, les images du mouvement attribuent au corps la puissance de produire et de gouverner librement ses initiatives, tantôt elles le désarment et le livrent épars, léger, défait, au flux universel où il se perd avec résignation.

[...] Non seulement Montaigne « essaie » alternativement l'une et l'autre espèce de mouvement, mais il porte sur elles un jugement variable, accordant sa préférence tantôt à l'une, tantôt à l'autre. Ici, c'est un appel à l'action et à la tension ; là, c'est un éloge de la passivité consentante, tellement moins vaniteuse et moins sotte.

En s'intéressant aux rapports qu'entretient l'écriture de l'essai avec les formes juridiques auxquelles Montaigne a été confronté dans son travail de magistrat, André Tournon a mis en évidence les modalités textuelles originales qui permettent l'exercice du jugement dans les *Essais*.

André Tournon, *Montaigne. La glose et l'essai* (1983), Champion, 2000, p. 291-292.

Et voici le paradoxe des *Essais* : s'ils se présentent sous la forme d'une « rhapsodie » irrégulière, et méritent le reproche de désordre que leur ont adressé les lecteurs soucieux de la rigueur des démonstrations, c'est précisément en raison de la logique requise par leur projet philosophique. Car les structures de commentaire perturbent le discours, l'empêchent de se déployer uniformément en ensemble d'assertions péremptoires ; mais elles inscrivent dans le texte le travail réflexif par lequel la pensée se contrôle en s'énonçant, se « règle », selon le terme employé par Montaigne, et assure sa visée. L'*essai* du jugement, seule garantie de sa rectitude, ne s'effectue qu'au prix de la dislocation de ses arrêts, et de leur remise en cause. Ces anomalies méthodiques ont un autre effet, non moins aberrant par rapport aux routines des traités. Elles dévoilent tout ce qui fait difficulté : les multiples sens des énoncés, leurs contradictions, la fragilité de leurs présupposés ; bref, ce que les exposés conçus selon un plan didactique tendent à masquer ou à éluder, pour sauvegarder leur cohérence. Ce sont là autant de problèmes sur lesquels Montaigne s'attarde, au contraire, jusqu'à les faire parfois passer au premier plan, soit en développant les virtualités concurrentes de son « thème », soit en insistant sur les questions préalables autant et plus que sur le sujet abordé.

Claude Lévi-Strauss lit en ethnologue les pages que Montaigne a consacrées au face-à-face entre l'Europe et le Nouveau Monde, et il réfléchit ici à l'articulation problématique de la raison et de la coutume (à partir des chapitres I.23, I.31 et II.12).

Claude Lévi-Strauss, *Histoire de Lynx*, Paris, Plon, 1991, p. 280-281.

Le recours à la raison est une arme à double détente, la philosophie sociale l'apprendra plus tard à son détriment. Encore aujourd'hui, une ambiguïté déjà présente dans les *Essais* embarrasse et parfois même paralyse la réflexion. Toute société apparaît sauvage ou barbare quand on juge ses coutumes au critère de la raison ; mais jugée au même critère, nulle société ne devrait apparaître sauvage ou barbare, puisqu'à toute coutume replacée dans son contexte un discours bien conduit pourra trouver un fondement. Une perspective ouvre sur la philosophie des Lumières, c'est-à-dire sur l'utopie d'une société qui aurait enfin une assise rationnelle. L'autre perspective débouche sur le relativisme culturel et le rejet de tout critère absolu dont une culture pourrait s'autoriser pour en juger une autre. Montaigne navigue entre ces deux écueils en suivant les avis de la raison pratique sinon spéculative : puisque toutes les coutumes se valent, que ce soit en bien ou en mal, la sagesse conseille de se conformer à celles de la société où nous sommes nés et où nous continuons à vivre.

Cette morale imprègne aussi l'*Apologie de Raimond Sebond,* mais elle n'empêche pas que Montaigne y fasse des données ethnographiques un usage bien plus radical que dans les autres chapitres. Il ne cite pas à comparaître devant le tribunal de la raison des coutumes ou des croyances diverses, pour les légitimer toutes ou ne leur reconnaître qu'une valeur relative : il s'en sert pour instruire le procès de la raison elle-même.

VIII. ORIENTATION BIBLIOGRAPHIQUE

Lorsqu'il n'est pas précisé, le lieu d'édition est Paris.

ŒUVRES DE MONTAIGNE

Œuvres complètes, éd. A. Thibaudet et M. Rat, Gallimard, « Bibl. de la Pléiade », 1962 [nouvelle édition à paraître en 2007].

Les Essais, éd. P. Michel, Gallimard, « Folio classique », 1965.

Les Essais, éd. P. Villey, 1924, rééd. V.-L. Saulnier, PUF, 1965.

Les Essais, éd. A. Tournon, Imprimerie nationale, 1998.

Les Essais, éd. J. Céard, D. Bjaï, D. Boudou et I. Pantin, LGF, « Pochothèque », 2001.

Essais (1582), éd. P. Desan, STFM, 2005.

Le Brésil de Montaigne, textes édités par Fr. Lestringant, Chandeigne, 2005.

Journal de voyage, éd. F. Garavini, Gallimard, « Folio classique », 1983.

Journal de voyage, éd. Fr. Rigolot, PUF, 1992.

INSTRUMENTS DE RÉFÉRENCE

Dictionnaire de Michel de Montaigne, dir. P. Desan, Champion, 2004.

Leake, R. E., *Concordance des Essais*, Genève, Droz, 1981.

REVUES

Bulletin de la Société des Amis de Montaigne (BSAM)
Montaigne Studies (MS).

ÉTUDES SUR *LES ESSAIS*

ASPECTS HISTORIQUES ET BIOGRAPHIQUES

Bellenger Y., *Montaigne. Une fête pour l'esprit*, Balland, 1988.
Frame D., *Montaigne. Une vie, une œuvre (1533-1592)*, trad. fr., Champion, 1994.
Hoffmann G., *Montaigne's Career*, Oxford, Clarendon Press, 1998.
Millet O., *La Première Réception des* Essais *de Montaigne (1580-1640)*, Champion, 1995.

OUVRAGES CRITIQUES

Beaujour M., *Miroirs d'encre. Rhétorique de l'autoportrait*, Seuil, 1980.
Brahami F., *Le Scepticisme de Montaigne*, PUF, « Philosophies », 1997.
Cavallini C., *L'Italianisme de Michel de Montaigne*, Fasano, Schena, 2003.
Compagnon A., *Nous, Michel de Montaigne*, Seuil, 1980.
Conche M., *Montaigne ou la Conscience heureuse*, 1964, rééd. PUF, 2002.
—, *Montaigne et la philosophie*, 1987, rééd. PUF, 1996.

Dauvois N., *Prose et poésie dans les* Essais *de Montaigne*, Champion, 1997.
Defaux G., *Montaigne et le travail de l'amitié*, Orléans, Paradigme, 2001.
Demonet M.-L., *À plaisir. Sémiotique et scepticisme chez Montaigne*, Orléans, Paradigme, 2002.
Desan P., *Montaigne dans tous ses états*, Fasano, Schena, 2001.
Desan P. (éd.), *Montaigne politique*, Champion, 2006.
Dubois C.-G., *Essais sur Montaigne, La régulation de l'imaginaire*, Caen, Paradigme, 1992.
Friedrich H., *Montaigne*, trad. fr. Gallimard, « Tel », 1968.
Garavini F., *Monstres et chimères. Montaigne, le texte et le fantasme*, Champion, 1993.
Gray F., *Le Style de Montaigne*, Nizet, 1958.
Guerrier O., *« Quand les poètes feignent » : « fantasie » et fiction dans les* Essais *de Montaigne*, Champion, 2002.
Langer U. (dir.), *The Cambridge Companion to Montaigne*, Cambridge, CUP, 2005.
Legros A., *Essais sur poutres. Peintures et inscriptions chez Montaigne*, Klincksieck, 2000.
Mathias P., *Montaigne ou l'Usage du monde*, Vrin, 2006.
Mathieu-Castellani G., *Montaigne ou la Vérité du mensonge*, Genève, Droz, 2000.
Miernowski J., *L'Ontologie de la contradiction sceptique. Pour l'étude de la métaphysique des* Essais, Champion, 1998.
Nakam G., *Les* Essais de *Montaigne, miroir et procès de leur temps*, 1982, nouvelle éd. Champion, 2001.
Naya E., *Essais de Michel seigneur de Montaigne*, Ellipses, « Philo/œuvres », 2006.
Pot O., *L'Inquiétante Étrangeté. Montaigne, la pierre, le cannibale et la mélancolie*, Champion, 1993.

Pouilloux J.-Y., *Montaigne. L'éveil de la pensée*, 1969, nouvelle éd. Champion, 1995.
Rigolot Fr., *Les Métamorphoses de Montaigne*, PUF, 1988.
Roger-Vasselin B., *Montaigne et l'art de sourire à la Renaissance*, Saint-Genouph, Nizet, 2003.
Screech M., *Montaigne et la mélancolie*, trad. fr. PUF, 1992.
Sellevold K., *« J'ayme ces mots... » : expressions linguistiques de doute dans les* Essais *de Montaigne*, Champion, 2004.
Starobinski J., *Montaigne en mouvement*, 1982, rééd. Gallimard, « Folio essais », 1993.
Thibaudet A., *Montaigne*, éd. F. Gray, Gallimard, 1963.
Tournon A., *Montaigne. La glose et l'essai*, 1983, rééd. Champion, 2000.
—, *Montaigne en toutes lettres*, Bordas, 1989.
Tournon A. et Le Flanchec V. D., *Essais de Montaigne. Livre III*, Neuilly-sur-Seine, Atlande, 2002.
Villey P., *Les Sources et l'évolution des* Essais, 1908, rééd. Hachette, 1933.

ARTICLES OU CHAPITRES D'OUVRAGES CRITIQUES

Balsamo J., « Montaigne, le style (du) cavalier, et ses modèles italiens », *Nouvelle Revue du seizième siècle*, 1999, 17/2, p. 253-267.
Bellenger Y., « Le thème de la vieillesse dans le livre III des *Essais* », *Des signes au sens. Lectures du livre III des* Essais, éd. F. Argod-Dutard, Champion, 2003, p. 201-215.
Bjaï D., « Au seuil des *Essais* de 1588 : "De l'utile et de l'honneste" », *Des signes au sens*, *op. cit.*, p. 35-52.
Blum C., *La Représentation de la mort dans la littérature française de la Renaissance*, Champion, 1989, p. 647-793.

Boudou B., « La place de l'*Apologie pour Hérodote* d'H. Estienne dans les *Essais* », *BSAM*, VIII-15/16, juillet-décembre 1999, p. 33-49.

Bury E., *Littérature et politesse. L'invention de l'honnête homme*, PUF, 1996, *passim.*

Cave T., *Cornucopia. Figures de l'abondance au XVIe siècle*, trad. fr. Macula, 1997, p. 277-324.

—, *Pré-histoires. Textes troublés au seuil de la modernité*, Genève, Droz, 1999, p. 39-50.

Céard J., « Les formes du commentaire », *Précis de littérature française du XVIe siècle*, dir. R. Aulotte, PUF, 1991, p. 177-192.

—, « Nouveauté de Montaigne », *La Nature et les prodiges. L'insolite au XVIe siècle*, rééd. Genève, Droz, 1996, p. 387-434.

Couturas C., « Les passions dans les *Essais* : un discours hétérodoxe », *Le Livre III des* Essais *de Montaigne*, éd. P. Debailly, Presses de l'université Paris-VII, 2003, p. 105-120.

Charles M., *L'Arbre et la source*, Seuil, 1985, p. 156-181.

Charpentier Fr., « L'hyperbate : une maîtresse forme du troisième allongeail », *Montaigne et les* Essais *(1588-1988)*, dir. C. Blum, Champion, 1990, p. 239-246.

Clément M., « Diogène dans les *Essais* ou le corps impudique », *Le Cynisme à la Renaissance*, Genève, Droz, 2005, p. 165-185.

Compagnon A., *La Seconde Main ou le Travail de la citation*, Seuil, 1979, p. 279-318.

Darmon J.-C., « Force de l'imagination, philosophie et fiction des autres mondes — linéaments d'une réception libertine de Montaigne aux XVIIe siècle », *Présences du Moyen Âge et de la Renaissance en France au XVIIe siècle*, éd. F. Canovas et D. Wetsel, Berlin, Weidler Buchverlag, 2003, p. 77-94.

Foglia M., « Une intention sociale et politique de l'essai ? Le test de la valeur des jugements », *BSAM*, VII-41-42, janvier-juin 2006, p. 103-118.

Fontaine M.-M., « Avantage à Montaigne », *Montaigne e l'Italia*, Genève, Slatkine, 1991, p. 253-294.

Ford P., « The Androgyne Myth in Montaigne's "De l'amitié" », *The Art of Reading. Essays in Memory of D. G. Coleman*, Cambridge, Cambridge French Colloquia, 1998, p. 65-74.

Fragonard M.-M., « Le pourceau de Pyrrhon et le cardinal Borromée. De la douleur à partir de l'essai I.14 », *Montaigne. Études sur le livre I des* Essais, Nice, université de Nice, 1993, p. 61-69.

Fumaroli M., « Les *Essais* de Montaigne : l'éloquence du for intérieur », repris dans *La Diplomatie de l'esprit*, Hermann, 1998, p. 125-161.

Giocanti S., *Penser l'irrésolution. Montaigne, Pascal, La Mothe Le Vayer : trois itinéraires sceptiques*, Champion, 2001, *passim*.

Geonget S., *La Notion de perplexité à la Renaissance*, Genève, Droz, 2006, *passim*.

Goyet F., « À propos de ces "pastissages de lieux communs" », *BSAM*, VII-5/6, juillet-décembre 1986, p. 11-26 ; VII-7/8, janvier-juillet 1987, p. 9-30.

Jeanneret M., *Perpetuum mobile. Métamorphoses des corps et des œuvres de Vinci à Montaigne*, Macula, 1998, *passim*.

Langer U., *Vertu du discours, discours de la vertu*, Genève, Droz, 1999, *passim*.

Lecointe J., *L'Idéal et la différence. La perception de la personnalité littéraire à la Renaissance*, Genève, Droz, 1993, *passim*.

Legros A., « Montaigne, son livre et son roi », *Studi francesi*, 41-II, 1997, p. 259-274.

Lestringant Fr., *Le Cannibale. Grandeur et décadence*, Perrin, 1994, p. 163-189.

—, *Le Huguenot et le sauvage*, rééd. Genève, Droz, 2004, p. 205-225 et 378-388.

—, « L'action génitale. À propos du plaidoyer pour le membre », *BSAM*, VIII-19/20, juillet-décembre 2000, p. 65-79.

—, « L'écriture de soi comme écriture de l'instant : des *Essais* de Montaigne au *Journal* d'André Gide », *Rivista di Letteratura moderne e comparate*, LIX/2, 2006, p. 205-220.

Liaroutzos C., « Portrait de l'auteur en jeune fille », *Le Livre III des* Essais *de Montaigne*, *op. cit.*, p. 121-131.

Magnien C., « Encore "Des Boyteux" : quelques remarques sur l'écriture de Montaigne », *Des signes au sens*, *op. cit.*, p. 91-102.

Magnien M., « Un écho de la querelle cicéronienne à la fin du XVIe siècle : éloquence et imitation dans les *Essais* », *Rhétorique de Montaigne*, éd. Fr. Lestringant, *BSAM*, 1985, p. 85-99.

—, « Montaigne et le sublime dans les *Essais* », *Montaigne et la rhétorique*, éd. J. O'Brien, M. Quainton et J. Supple, Champion, 1995, p. 27-48.

Ménager D., « La culture héroïque de Montaigne », *BSAM*, 9-10, 1998, p. 39-52.

—, « Improvisation et mémoire dans les *Essais* », *Rhétorique de Montaigne*, *op. cit.*, p. 101-110.

Méniel B., « La notion de *parler* chez Montaigne », *BSAM*, VII-41-42, janvier-juin 2006, p. 119-130.

Moureau F., « Le sens du titre : typographie et gravure dans les premières éditions des *Essais* », *Le Parcours des* Essais *de Montaigne (1588-1988)*, dir. M. Tetel et M. Masters, Aux Amateurs de Livres, 1989.

—, « Montaigne au XVIIIe siècle : de l'ère théologienne à l'ère de la sensibilité », *BSAM*, 7-8, 1973, 59-74.

O'Brien J., « Comment être un bon juge ? », *Montaigne : la Justice*, dir. J.-C. Arnould, *BSAM*, VIII-21/22, janvier-juin 2001, p. 185-192.

Parmentier B., *Le Siècle des moralistes*, Seuil, « Points essais », 2000, p. 23-44.

Périgot B., « "De l'art de conférer" (III.8) : de la dispute à l'essai », *L'Essai. Métamorphoses d'un genre*, éd. P. Glaudes, Toulouse, Presses universitaires du Mirail, 2002, p. 157-168.

Rieu J., « Les anecdotes dans le livre I des *Essais* », *Montaigne. Études sur le livre I des* Essais, *op. cit.*, p. 85-98.

Roudaut F., « Notes sur la passion dans le livre I », *Montaigne. Études sur le livre I des* Essais, *op. cit.*, p. 15-29.

Schrenck G., « La question autobiographique à la Renaissance : l'émergence du "moi" à travers l'exemple de Montaigne, L'Estoile et d'Aubigné », *Problématiques de l'autobiographie*, dir. M.-D. Legrand et C. Leroy, *Littérales*, 33, 2003, p. 49-61.

Simonin M., « Le Périgourdin au Palais : sur le voyage des *Essais* de Bordeaux à Paris », repris dans *L'Encre et la Lumière*, Genève, Droz, 2004.

Supple J., « La vertu assignée aux affaires du monde : Montaigne et les assassinats de Blois », *Montaigne : la Justice*, dir. J.-C. Arnould, *BSAM*, VIII-21/22, janvier-juin 2001, p. 211-221.

Tarrête A., « Entre mémoire et oubli : la citation chez trois lecteurs de Montaigne (Du Vair, Camus, Guez de Balzac) », *Usages de l'oubli (XVIe-XVIIe siècle)*, dir. Fr. Lestringant, *Revue des sciences humaines*, 256, 4/1999, p. 99-113.

Vignes J., « L'exercice, l'épreuve et l'expérience. *Essai* et *essayer* dans le livre III des *Essais* », *Le Livre III des* Essais *de Montaigne*, *op. cit.*, p. 9-26.

TABLE

ESSAI

DOSSIER

Composition CMB Graphic
Impression Bussière à Saint-Amand (Cher),
le 30 avril 2007.
Dépôt légal : avril 2007.
Numéro d'imprimeur : 071547/1.
ISBN 978-2-07-030779-1./Imprimé en France.

135145